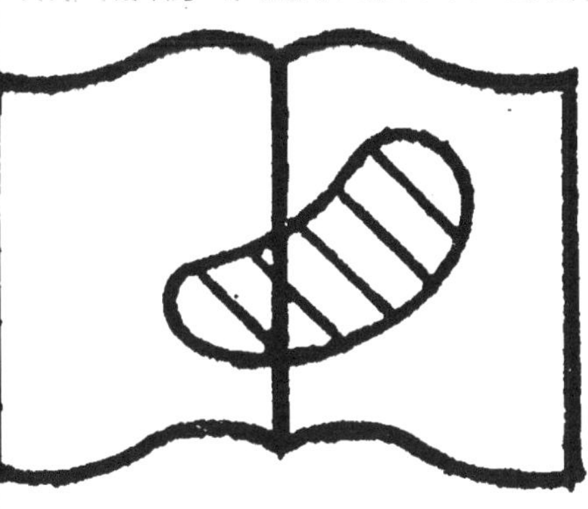

Illisibilité partielle

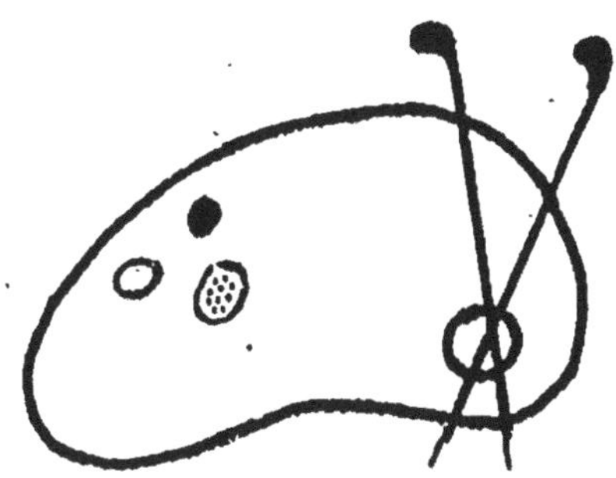

Couvertures supérieure et inférieure
en couleur

ALABLE POUR TOUT OU PARTIE DU
OCUMENT REPRODUIT

LE
BOUQUET DE ROSES

OU

CELA VOUS PORTERA BONHEUR

PAR

Mme ÉDOUARD DE LALAING

TOURS

ALFRED MAME ET FILS

ÉDITEURS

BIBLIOTHÈQUE
DE LA JEUNESSE CHRÉTIENNE

FORMAT PETIT IN-8°

Adolphe, ou comment on se corrige de l'étourderie, par Et. Gervais.

Aïssé, ou la jeune Circassienne, par Marie-Ange de T***.

Aléandro, par E. Bossuat.

Anselme, par Étienne Gervais.

Aventures d'un florin (les), racontées par lui-même.

Batelière de Venise (la), par Mlle Louise Diard.

Bonnes lectures (les), Souvenirs et récits authentiques, par F. Cassan.

Bouquet de Roses (le), par Mme Edouard de Lalaing.

Clémentine, ou l'Ange de la réconciliation, par Marie-Ange de T***.

Conquérants célèbres (les), par M. de Chavannes.

Corbeille de Fraises (la).

Dessus du Panier (le), par J. Grange.

Directrice de Poste (la).

Dumont d'Urville, par Fr. Joubert.

Élol, ou le Travail, par Ét. Gervais.

Euphrasie, ou l'Enfant abandonnée.

Excursion en Syrie, en Palestine et en Égypte, par le R. P. du Fougerais, de la Compagnie de Jésus.

Exilées de la Souabe (les), par Mlle Louise Diard.

Famille de Montaubert (la), par Félix Joubert.

Fanny et Léonore, par Mme Valentine Vattier.

Fille du Docteur (la).

Fille du Meunier (la), ou les Suites de l'ambition, par Mlle L. Diard.

Flora Mac-Alpin, épisode de la cour de Jacques VI d'Écosse.

Henriette, ou Piété filiale et dévouement fraternel, par Stéphanie Ory.

Histoires contemporaines, par Joseph de Margat.

Jacques Blinval, ou l'Ami chrétien, par J.-N. Tribaudeau.

Louise Leclerc.

Lucia Cesarini, par Mme de Labadye.

Madame de Gévrier, ou la Pénélope chrétienne.

Marianne, ou le Dévouement.

Marie de Langeville, ou la Résignation chrétienne, par Stéph. Ory.

Mozart, par Étienne Gervais.

Navigation aérienne (la), par Arthur Mangin.

Pape Benoît-XIII (le), 1724-1730, par J. Chantrel.

Par-dessus le buisson, par Jean Grange.

Parmentier, par Fr. Joubert.

Pêcheur de Penmarck (le), par E. Bossuat.

Proverbes et Nouvelles, par Jean Grange.

Récits américains, par M. Xavier Marmier, de l'Académie française.

Richard-Lenoir, par Fr. Joubert.

Successeurs (les) de Franklin, par H. Feuilleret.

Tante Marguerite (la).

Térésa, par E. Bossuat.

Trésor de la Maison (le), par Maurice Barr.

Trois Cousins (les), ou le Prix du temps, par Théophile Ménard.

Variétés industrielles, par Arthur Mangin.

Vauquelin, par Fr. Joubert.

Vierge des campagnes (la), ou Vie de la bienheureuse Oringa, par M. l'abbé Henry.

Vœu prononcé (le), suivi des Deux ... ées, par Maurice Barr.

BIBLIOTHÈQUE

DE LA

JEUNESSE CHRÉTIENNE

APPROUVÉE

PAR MGR L'ARCHEVÊQUE DE TOURS

SÉRIE PETIT IN-8°

Le banquier s'empare du bouquet, qu'il offre à sa fille,
et met une pièce blanche dans les mains de l'enfant.

(P. 8.)

LE
BOUQUET DE ROSES

OU

CELA VOUS PORTERA BONHEUR

NOUVELLE

PAR Mme ÉDOUARD DE LALAING

TOURS

ALFRED MAME ET FILS, ÉDITEURS

—

1878

LE
BOUQUET DE ROSES

I

« Un bouquet de roses, Monsieur ! Voyez, Mademoiselle, comme elles sont jolies ! Étrennez-moi, cela vous portera bonheur. »

C'est en ces termes, d'ailleurs bien connus, que s'exprimait une petite fille de onze à douze ans, accrochée à la portière d'une voiture qui montait au trot la grande avenue des Champs-Élysées. Pour arriver jusque-là, la pauvre enfant avait dû percer avec peine, et au risque de se faire écraser, les longues files d'équipages qui encombraient en ce moment l'avenue.

M. Dutertre, riche banquier, sa femme, sa

fille Alice et un jeune homme de vingt-cinq ans environ occupaient la voiture.

C'était le jour anniversaire de la naissance d'Alice; elle avait eu seize ans le matin. Ce jour-là la jeune fille, enfant gâtée de son père, eût exprimé le désir le plus extravagant. qu'il eût été tout de suite satisfait.

Elles sont en effet bien jolies, ces roses, dit Alice. M. Dutertre s'empara du bouquet, qu'il offrit à sa fille, et mit une pièce blanche dans les mains de l'enfant, qui s'éloigna rapidement, mais non sans avoir jeté sur Alice un regard reconnaissant et sans avoir répété : Cela vous portera bonheur.

« Elle est gentille, cette petite, dit M. Dutertre.

— Elle a une figure intéressante, répondit Mme Dutertre.

— Elle doit être bien malheureuse, » reprit Alice en soupirant.

Et pendant quelque temps la jeune fille demeura rêveuse. Elle comparait son sort à celui de cette pauvre petite; elle remerciait Dieu dans son cœur de lui avoir fait la vie si belle, et se promettait de faire profiter les malheureux des biens dont il l'avait comblée.

Disons-le tout de suite, Alice était une charmante enfant, aussi bonne qu'elle était jolie, aussi pieuse qu'elle était bonne.

Mme Dutertre, femme remarquable sous tous les rapports, joignait aux avantages extérieurs dont la nature l'avait douée des avantages bien plus appréciables : une raison saine, un esprit droit. Une éducation solide et chrétienne avait développé en elle les dons naturels. Née intelligente et bonne, les enseignements de la religion l'avaient faite prudente et sage. Aussi n'avait-elle voulu se reposer sur personne du soin d'élever son unique enfant, sa fille Alice. Elle l'avait nourrie elle-même, et, après avoir elle-même guidé ses premiers pas dans la vie, elle avait voulu former son cœur, initier son jeune esprit aux vérités sublimes, à la divine morale de la religion.

M. Dutertre, qui adorait sa fille, l'eût peut-être gâtée à l'excès, si, se méfiant de sa faiblesse et plein de confiance dans la sagesse et la capacité de sa femme, il ne lui eût complètement abandonné l'éducation de leur enfant. S'il s'était réservé de prodiguer à sa fille les caresses et les récompenses, jamais il n'avait empiété sur l'autorité de

Mme Dutertre ; jamais il n'avait levé une punition ; jamais devant Alice il n'avait accusé sa mère de sévérité, lors même qu'il souffrait des privations imposées à l'enfant, lors même qu'il s'était senti porté à l'indulgence pour des fautes qui, du reste, n'étaient jamais bien graves.

Élevée par une mère si attentive, par des parents si sages, Alice, douée d'ailleurs d'un excellent naturel, devint le modèle de toutes ses jeunes compagnes. Mais sa modestie était telle que jamais la jeune fille ne se douta qu'elle pût en aucune façon leur être supérieure, et que ses amies ne conçurent pas la moindre jalousie pour des avantages dont elle était si loin de s'enorgueillir.

Elle avait seize ans. Déjà M. et Mme Dutertre songeaient avec tristesse que le moment viendrait bientôt où cette fille bien-aimée devrait quitter la maison paternelle.

Georges de Lormel, le jeune homme qui occupait la quatrième place dans la voiture de M. Dutertre, était le fils unique d'un de ses plus anciens amis.

M. de Lormel, que sa position forçait à habiter la province (il occupait une place importante dans l'administration), voulant que Georges fît ses études à Paris, l'avait recommandé à M. Dutertre, priant celui-ci de surveiller son fils et de le remplacer autant que possible près de son bien-aimé Georges, dont de sérieuses considérations pouvaient seules le décider à se séparer. Le jeune homme avait trouvé dans la famille de M. Dutertre une seconde famille. Au moment où commence notre récit, depuis plusieurs années déjà M. Dutertre l'avait attaché à sa maison de banque, et, quoique son père habitât maintenant Paris, Georges n'avait cessé d'occuper dans l'hôtel du banquier le petit appartement où celui-ci l'avait installé au sortir du collège.

Georges de Lormel était un jeune homme intelligent, instruit, et d'une conduite exemplaire. M. et Mme Dutertre l'aimaient comme un fils et caressaient le secret espoir de lui donner un jour ce nom.

Georges aimait Alice comme une sœur, un peu plus peut-être; quant à la rieuse et naïve jeune fille, elle se plaisait à la conversation agréable et enjouée du jeune homme, elle appréciait à leur valeur toutes ses qualités. C'était tout.

II

Le lendemain du jour où nous avons fait
connaissance avec les principaux personnages
de ce récit, Alice, accompagnée de la bonne
Flore, sa vieille et fidèle femme de chambre,
sortit de bonne heure de l'hôtel que la famille
Dutertre habitait, rue de la Chaussée-d'Antin,
afin de se rendre à pied rue Matignon, où
demeurait son professeur de piano. La marche
était recommandée à la jeune fille comme
indispensable à sa santé; et comme Mme Dutertre, assez fatiguée en ce moment, ne pouvait faire de longues promenades, Alice qui,
dans la journée, ne la quittait jamais, profi-
tait de la sortie nécessitée deux fois la semaine par ses leçons pour prendre l'exercice
qui lui était nécessaire. Sa mère, d'ailleurs,
le voulait ainsi. Souvent même, quand le

temps était beau, la jeune fille allongeait un peu la promenade. Pourvu qu'elle fût de retour à midi et demi pour l'heure du déjeuner, elle était sûre que Mme Dutertre ne s'inquiéterait pas.

Mme Dutertre n'eût confié sa fille à personne autre que Flore, mais elle avait en cette dernière une confiance absolue.

Cette confiance, la bonne Flore la méritait bien. Elle était entrée au service de Mme Dutertre, il y avait de cela vingt ans, pour soigner son fils, un pauvre enfant délicat et chétif, qui, après avoir souffert plusieurs années, s'était éteint dans les bras de sa mère malgré les soins dévoués de Flore.

Peu de mois après la mort de son frère, Alice venait au monde. La perte de son premier enfant avait fait à Mme Dutertre une telle révolution que la santé de la petite Alice s'en ressentit longtemps. Que de fois les larmes montèrent aux yeux de Mme Dutertre en regardant sa fille, dont la figure pâle, les traits fins et délicats, lui rappelaient son pauvre petit Lucien! La bonne Flore avait été exclusivement chargée de la petite; elle la soigna avec un dévouement dont on a peu d'exemples ; ni veilles, ni fatigues, ne coûtaient à la pauvre fille. Ses soins furent bien récompensés. Alice en grandissant se fortifia singulièrement, et s'attacha à sa bonne Lolo (c'est ainsi qu'elle appelait Flore) presque autant qu'à ses parents. Mme Dutertre, heureuse de voir les roses de la santé s'épanouir enfin sur les joues de l'enfant, n'oublia pas à qui elle devait en partie ce bonheur; et quand, à la vue des caresses que prodiguait à Flore la petite fille, instinctivement reconnaissante, une sorte de jalousie venait involontairement au cœur de la mère, Mme Dutertre se souvenait de tout ce qu'avait fait Flore, et sa reconnaissance réfléchie lui faisait refouler un sentiment indigne d'elle.

A mesure qu'Alice grandit, à mesure que son intelligence se développa, elle s'attacha de plus en plus à la bonne Flore, qui entourait la jeune fille des mêmes attentions délicates qu'elle avait prodiguées à l'enfant.

Flore n'était pas une domestique ordinaire; car elle n'avait pas seulement un cœur excellent, — les qualités du cœur se trouvent dans toutes les classes de la société, — elle avait encore une délicatesse de sentiment, une droiture de jugement qui ne pouvaient venir que de l'éducation. En effet, Flore, fille d'un maître d'école du département du Nord, avait reçu une instruction supérieure à la position dans laquelle l'avait placée la nécessité de subvenir toute jeune à ses besoins, et d'aider ses parents à élever une nombreuse famille. Une mère intelligente avait développé en elle des sentiments religieux qui réglèrent toutes les actions de sa vie.

On comprend maintenant comment Mme Dutertre, femme si sage et si prudente, pouvait confier sa fille à Flore; comment elle avait pu permettre et même encourager l'affectueuse familiarité qu'apportaient dans leurs rapports la vieille bonne et sa jeune maîtresse. Alice regardait l'excellente femme comme la meilleure amie qu'elle eût après sa mère, et lui laissait lire jusque dans ses moindres pensées. Quant à Flore, elle n'eût pas plus aimé sa propre fille qu'elle n'aimait l'enfant qu'elle avait élevée avec tant de sollicitude; et, heureuse de la confiance d'Alice et de celle de sa mère, elle ne songeait qu'à s'en montrer digne par les bons conseils et les sages avis qu'elle prodiguait à l'aimable jeune fille.

Maintenant que nous connaissons cette bonne Flore, qui doit jouer un rôle important dans notre récit, reprenons-le au point où nous l'avons laissé.

Mlle Dutertre, accompagnée de Flore, se dirigea vers les boulevards, puis gagna les Champs-Élysées. Le temps était superbe ; la route avait semblé courte à la jeune fille, qui, le long du chemin, avait raconté à sa vieille amie sa promenade de la veille et les mille petits incidents qui l'avaient signalée. Elles étaient arrivées au rond-point. Alice tira sa montre, et, voyant qu'il lui restait quelques minutes avant l'heure de la leçon, proposa à Flore de se promener quelques instants sous les beaux ombrages qui, du côté gauche des Champs-Élysées, offrent aux amis de la solitude une charmante retraite, même aux heures où la foule se presse dans les allées plus fréquentées de la promenade à la mode, ombrages qui, à cette heure relativement matinale, — il n'était pas encore dix heures, — sont complètement abandonnés. Les oiseaux chantaient gaiement dans les vieux arbres; une délicieuse fraîcheur régnait sous ces voûtes ombreuses, où le soleil n'avait pas encore pénétré.

« Comme on est bien ici ! » disait Alice à
sa femme de chambre, quand une voix en-
fantine frappa son oreille ; cette voix, qu'elle
crut reconnaître, était douce, mais triste. Elle
tourna la tête.

Une petite fille était près d'elle. « Mademoiselle, disait timidement l'enfant, achetez-
moi ce bouquet, je vous en prie. » Et elle lui
tendait un petit bouquet de roses. Alice crut
reconnaître la petite marchande de la veille.
Elle l'avait à peine aperçue alors, cette fois
elle la considéra avec attention.

L'enfant, comme l'avait remarqué Mme Dutertre, avait une figure intéressante. Elle était
petite ; mais, quoique son apparence chétive
n'eût accusé que huit où neuf ans, on devi-
nait bientôt, à l'examen de ses traits, qu'elle
était bien de deux ou trois ans plus âgée. Une
pâleur maladive couvrait ses joues ; la souffrance avait laissé sa cruelle empreinte sur
son front. Ses yeux bleus, doux et brillants,
avaient cette expression sérieuse et triste que
l'on rencontre chez les enfants prématuré-
ment vieillis par le malheur, ou chez ceux
que la mort a d'avance désignés. Ses beaux
cheveux blonds, faits pour flatter l'orgueil

d'une mère, tombaient sur ses épaules, proprement nattés et retenus par un vieux ruban noir. Elle était habillée d'une robe de laine, autrefois bleue, mais dont le temps avait considérablement altéré la couleur primitive; cette robe, bien souvent raccommodée, était d'une propreté qui n'échappa point aux regards d'Alice. Si tout dans la pauvre toilette de l'enfant annonçait la misère, tout du moins dénotait l'ordre et la propreté.

« Qui t'envoie vendre ces bouquets? dit Alice à la petite fille. As-tu ta mère?

— Oui, Mademoiselle.

— Que fait-elle?

— Maman est malade, répondit la petite tristement; elle ne peut sortir de chez nous. »

Et Alice vit une larme dans les yeux de l'enfant.

Elle tira son porte-monnaie, en sortit une pièce d'argent, et la lui donna en échange des fleurs que celle-ci lui offrait. Elle eût volontiers laissé à la pauvre petite le bouquet de roses qui pouvait encore lui procurer quelque aumône; mais, par un sentiment d'exquise délicatesse, elle craignit de l'humilier.

« Merci, Mademoiselle, dit la petite fille, merci; le bon Dieu vous bénira. »

Et l'enfant se dirigea vers les allées plus fréquentées qui offraient plus de chances à son petit commerce, et Alice pressa le pas, car dix heures étaient sonnées et son profes-seur l'attendait.

III

A partir de ce jour, Alice revit souvent la petite marchande de roses. Dans ses promenades matinales, elle la trouvait presque chaque fois à la même place où elles avaient échangé les quelques paroles que nous avons rapportées plus haut. L'heure où Alice se rendait rue Matignon se trouvait être justement celle où l'enfant, dont la mère demeurait dans une rue obscure du Gros-Caillou, après l'avoir aidée dans les soins de la maison, fait les petites provisions du pauvre ménage, et acheté du peu d'argent qui lui restait les fleurs dont la vente devait subvenir aux besoins du lendemain, prenait au bras son panier souvent bien peu garni, et, après avoir embrassé sa mère, dont le cœur se gonflait en la voyant partir, descendait résolument les cinq étages qui conduisaient à leur mansarde, traversait le pont de l'Alma et aboutissait bientôt aux ombrages dont nous avons parlé.

Là l'enfant, après s'être assurée que la jeune fille n'était pas encore arrivée, s'asseyait sur un banc et guettait sa bienfaitrice. Si par hasard quelque chose retardait la petite marchande, Alice attendait quelques minutes et n'était pas longtemps sans voir sa protégée déboucher de l'avenue. Il semblait que la jeune fille et l'enfant se fussent tacitement donné ce rendez-vous.

Souvent aussi, en allant au bois avec ses parents, Alice apercevait la petite offrant, comme le jour où elle l'avait rencontrée pour la première fois, des bouquets aux promeneurs de la grande allée. Alors elle lui faisait un signe, l'enfant s'approchait, et M. Dutertre ne manquait pas de lui acheter quelques roses qu'il payait généreusement.

Cela dura ainsi pendant plusieurs semaines. Mais, un jour, Alice ne rencontra pas sa protégée à sa place habituelle; elle crut que quelque circonstance imprévue l'avait empêchée de sortir. C'était un jeudi. Le lundi suivant, elle chercha encore vainement la petite marchande de roses.

Depuis quinze jours au moins elle n'avait pas vu l'enfant, et elle commençait à penser que la petite fille avait quitté le quartier. Peut-être, se disait-elle, a-t-elle trouvé asile à la campagne chez quelque parent. Cependant, si persuadée qu'elle fût qu'elle ne la reverrait pas, elle ne pouvait s'empêcher, lorsqu'elle passait dans les Champs-Élysées, de chercher autour d'elle sa petite protégée.

Un matin, Alice sortait de sa leçon; ce jour-là, elle avait dû faire des courses en voiture avec sa mère, et celle-ci l'avait amenée jusqu'à la rue Matignon; elle n'avait donc pas traversé les Champs-Élysées pour se rendre chez son professeur. Comme elle passait avec Flore par l'allée où autrefois elle rencontrait la petite marchande de roses : « Il me semble toujours que je vais revoir cette enfant, » disait Alice à sa bonne Flore. Comme elle achevait ces mots, elle aperçut un peu plus loin une petite fille assise au pied d'un arbre et qui, la figure dans ses mains, pleurait à chaudes larmes. Elle était placée de telle façon, que l'on ne pouvait apercevoir ses traits; mais Alice reconnut aussitôt la pauvre petite robe bleue et les cheveux blonds de l'enfant. « Flore, s'écria-t-elle, regardez donc, c'est elle. Elle pleure !... que lui est-il arrivé ? »

Et la jeune fille courut vers sa protégée.

En entendant quelqu'un s'approcher, la petite fille releva la tête; mais ses yeux pleins de larmes eurent un éclair de joie quand elle aperçut Alice.

« Quoi ! c'est vous, dit-elle, Mademoiselle ! je ne comptais plus vous voir... Ah ! mon Dieu ! que vous êtes bon !

— Qu'as-tu, mon enfant? dit Alice profondément impressionnée par le regard de la petite, et aussi surprise que touchée de son exclamation; pourquoi ces pleurs?

— Ah ! Mademoiselle, depuis ce matin je tends la main, et je n'ai rien à porter à ma mère ! Il est vrai que c'est ma faute aussi, dit-elle en sanglotant, je ne sais pas mendier; Dieu punit mon orgueil.

— Remets-toi, mon enfant, dit la jeune fille. Tiens, d'abord, ajouta-t-elle en lui tendant une pièce de cinq francs, voilà pour ta mère.

— Ah ! Mademoiselle, c'est Dieu qui vous a envoyée vers moi; je l'avais tant prié. En vous voyant j'ai compris qu'il m'avait exaucée.

« — Pourquoi avais-tu donc cessé de venir ici ? » demanda Mˡˡᵉ Dutertre, curieuse de connaître les causes de l'absence de sa protégée, et désireuse surtout de se soustraire aux élans de sa reconnaissance.

« Ma pauvre mère est malade depuis longtemps, reprit la petite fille en essuyant ses yeux; mais jusqu'ici elle avait toujours pu se lever et s'occuper de notre pauvre ménage; pendant que je vendais mes fleurs, elle raccommodait nos vêtements, elle apprêtait nos repas, et, quand elle en avait la force, elle gagnait encore quelque argent à réparer le linge des voisins assez bons pour le lui confier. Mais, il y a quinze jours, en revenant, un soir, je la trouvai couchée, elle n'avait pas eu la force de m'attendre; elle tremblait la fièvre; bientôt elle fut prise de délire. Folle de douleur, je courus chercher un médecin. C'est un brave homme que le docteur Latour ! Il me rassura, me laissa une ordonnance et même une pièce d'or pour payer le pharmacien. Le lendemain, ma mère allait un peu mieux. Mais depuis ce temps-là elle n'a pu se lever, et moi je ne l'ai pas quittée. Ce qui m'était resté de la pièce du bon docteur, après avoir payé les médicaments nécessaires à ma mère, a suffi pour lui procurer un peu de bouillon, la seule nourriture qu'elle pût supporter, et pour me permettre d'acheter le pain qui m'était indispensable. Mais hier j'ai donné au boucher les derniers sous qui me restaient pour avoir du bouillon. Ce matin je n'avais pas de pain pour déjeuner, et ma mère avait faim, il m'a fallu mendier. »

L'enfant essuyait une grosse larme.

« Et tu as été repoussée ? dit Alice émue par le récit de la petite fille. Tu n'as rien obtenu de ceux auxquels tu t'es adressée ?

— Non, Mademoiselle. Mais aussi c'est ma faute. Deux ou trois fois, au moment de tendre la main, je me suis retirée toute rouge de honte. C'est de l'orgueil, n'est-ce pas, Mademoiselle ? car enfin le bon Dieu sait bien que si je pouvais gagner ma vie et celle de ma mère je ne demanderais rien aux passants. Il n'y a pas de honte, n'est-ce pas, à mendier pour sa mère, et c'est mal d'en rougir ?

— Non, mon enfant, dit Alice, il n'y a pas de honte à cela; mais que les forces t'aient manqué pour t'adresser à des inconnus, il n'y a rien là que de naturel. Sois tranquille, le bon Dieu ne t'en veut pas; bien au contraire, il te protégera, car tu es une bonne fille, et tu l'aimes bien, n'est-ce pas?

— Oh! oui, Mademoiselle.

— Comment t'appelles-tu?

— Claire Delmas.

— Je veux aller te voir.

— Vous, Mademoiselle, vous viendriez chez nous!

— Et pourquoi non? Je veux connaître ta mère.

— Nous demeurons cité Valadon, numéro 22.

— Adieu, lui dit Alice. A bientôt.

— Adieu, Mademoiselle. »

Et l'enfant reprit tout courant le chemin qui conduisait chez sa mère, à qui elle avait hâte d'annoncer la visite de la belle demoiselle; pendant qu'Alice toute pensive continuait son chemin.

Tout à coup : « Flore, dit la jeune fille à sa bonne, je vous en prie, pas un mot de la petite marchande de roses devant qui que ce soit, pas même devant ma mère. Claire est ma protégée. Si, comme je le suppose, sa famille est honnête, je veux lui faire autant

de bien qu'il me sera possible; mais que personne n'en sache rien; l'aumône doit être faite
en secret, ma mère me l'a dit souvent. Les
économies que je puis faire sur la pension
que je reçois de mon père suffiront à soulager
un peu la misère de ces malheureuses femmes.
Vous me promettez, n'est-ce pas, ma bonne
Flore, de ne pas me trahir?

— Je vous le promets, » répondit Flore en
regardant avec un tendre orgueil la jeune fille,
sur le visage de laquelle se reflétait le bonheur
que procure toujours une bonne action.

IV

Le jeudi suivant, Alice se leva de meilleure heure que d'habitude, et s'habilla avec une promptitude qui ne lui était pas ordinaire. Bien des fois elle fut sur le point de s'impatienter après la pauvre Flore, qui, selon elle, mettait trop de temps à natter ses cheveux, à arranger les plis de sa robe. Elle lui fit même à ce sujet quelques reproches; mais ces reproches ne fâchèrent pas la brave fille, qui connaissait la cause de l'agitation de sa jeune maîtresse. En effet, Alice devait ce jour-là faire la visite promise à sa petite protégée, et voulait partir assez tôt pour passer cité Valadon avant d'aller chez son professeur.

« Tu es bien matinale aujourd'hui, » dit Mme Dutertre à sa fille, quand, son chapeau sur la tête, Alice entra dans la chambre de sa mère.

« Ne vois-tu pas, mère, comme il fait beau? » répondit la jeune fille en rougissant un peu; mais Mme Dutertre ne put voir son embarras, car en disant ces mots Alice se penchait sur elle pour lui donner le baiser du matin.

« Il fait un temps superbe, en effet, reprit Mme Dutertre; profites-en, ma chérie, cela te fera du bien. »

Alice sortit de la chambre, Flore l'attendait. Elles montèrent jusqu'aux boulevards, où elles prirent une voiture; car il y a bien loin de la rue de la Chaussée-d'Antin à la cité Valadon. Alice ne voulait pas s'attarder, et elle savait bien que la visite projetée lui prendrait quelque temps.

Une demi-heure plus tard, la voiture s'arrêtait à la porte d'une pauvre maison bien noire et bien triste. Alice et Flore en descendaient et s'engageaient dans une allée étroite et sombre où elles cherchaient à tâtons le portier, afin de s'informer de Mme Delmas. Elles auraient pu chercher longtemps, car il n'y avait pas de concierge dans cette pauvre masure; il eût été d'ailleurs bien inutile, les locataires n'avaient pas l'habitude de recevoir de visites, et le facteur, quoique assez ancien dans le quartier, n'y avait peut-être jamais mis les pieds. Mais la voiture avait fait événement dans le voisinage. La boulangère du coin de la rue n'avait pas vu sans étonnement deux femmes, dont l'une vêtue avec élégance, descendre devant la triste demeure; sa curiosité avait été si vivement excitée, qu'elle n'avait pu résister au désir d'apprendre chez qui elles pouvaient aller. Elle avait donc laissé sa boutique, en recommandant à un petit garçon qui jouait près d'elle d'en prendre soin, et s'était rapprochée du numéro 22. Comme elle y arrivait, Flore sortait de l'allée à la recherche de quelqu'un qui pût la renseigner.

« Pourriez-vous, Madame, dit-elle à la boulangère, me dire où demeure Mᵐᵉ Delmas?

— C'est ici, Madame, répondit-elle. Montez tant que vous pourrez monter, et puis, en tournant un peu à droite, vous verrez un petit escalier, on pourrait bien dire une échelle, il conduit sous les toits; vous apercevrez en haut de l'escalier une petite porte, c'est celle du grenier qu'habite la pauvre femme.

— Elle est donc bien malheureuse?

— Oui, elle est malheureuse. Oh ! si vous saviez !

— Mais c'est une honnête femme?

— Pour cela, oui, on peut le dire, ajouta la voisine.

— C'est bien, dit Flore, nous montons chez elle.

— Prenez bien garde, Mesdames, ajouta la boulangère, car l'escalier n'est pas facile, et, ajouta-t-elle en regardant curieusement la jeune fille, vous n'en avez sans doute jamais vu un pareil. »

Alice avait entendu les paroles échangées entre Flore et la bonne femme, et, plus que jamais, elle apprenait combien il y a de jouissances à pouvoir soulager ceux qui souffrent. Aussi ne fut-elle pas longtemps à gravir les cinq étages qui conduisaient chez Mme Delmas.

Flore, essoufflée, n'était pas encore au troisième, que déjà elle frappait doucement à la porte de la mansarde.

« Qui frappe? dit une voix faible.

— Une amie, répondit Alice.

— Entrez. »

Alice ouvrit la porte, qui n'était que poussée, et pénétra dans la chambre.

Cette pièce n'avait de jour que par une lucarne étroite. Les toitures plus élevées des maisons voisines permettaient à peine à un faible rayon de soleil d'éclairer un coin de la pauvre demeure. Le fond de la chambre semblait dans une obscurité complète, surtout à l'œil habitué à la lumière du dehors. Alice ne vit donc d'abord personne.

« Par ici, Mademoiselle, dit la même voix qui lui avait déjà répondu.

— Pardon, mais je ne puis aller à votre rencontre, je suis trop faible. »

Les yeux d'Alice commençaient à s'habituer à l'obscurité ; guidée par le son de la voix, elle aperçut dans le fond de la chambre une femme couchée sur une misérable paillasse ; elle s'en approcha.

« Bonjour, Madame, dit la jeune fille. Mais vous ne me connaissez pas.

— Oh ! Mademoiselle, interrompit la pauvre femme, je ne sais pas votre nom, mais je vous connais bien. Vous êtes, n'est-ce pas, cette bonne demoiselle qui a eu pitié de ma pauvre enfant ? Ah ! oui, je vous connais et je vous bénis. Dieu seul pourra vous récompenser de ce que vous avez fait, Mademoiselle.

— Je n'ai rien fait encore, Madame, reprit la jeune fille confuse; mais je voudrais pouvoir vous être utile ainsi qu'à Claire; cette enfant m'intéresse. Elle n'est pas ici, n'est-ce pas?

— Non, Mademoiselle.

— Je pensais bien ne pas la trouver à cette heure, mais je préfère cela. Je désire causer avec vous. Je ne vous fatiguerai pas de questions, ajouta-t-elle, je ne serai pas indiscrète.

— Indiscrète! vous avez le droit de nous connaître, Mademoiselle, vous qui avez commencé par nous soulager.

— N'avez-vous aucun parent? reprit la jeune fille.

— Aucun, Mademoiselle. Je suis veuve depuis deux ans; la mort de mon mari m'a laissée sans ressources. Il avait bien un frère; mais celui-ci nous a repoussées, ma fille et moi. J'étais déjà souffrante, le chagrin m'a rendue tout à fait malade; malgré tous mes efforts, je ne puis rien pour gagner le pain de mon enfant. Il y a quelque temps, j'allais mieux, je travaillais un peu; mais la fatigue a augmenté mon mal, il a fallu me mettre au lit. Ah! si du moins ma fille avait un appui; si je savais qu'après ma mort son oncle eût pitié d'elle ! je ne demanderais qu'une grâce au bon Dieu, ce serait de m'appeler à lui. Mais ce vœu est impie, n'est-ce pas? Il faut avoir le courage de souffrir.

— Et espérer, » ajouta doucement la jeune fille.

Comme elle disait ces mots, ses yeux rencontrèrent un petit crucifix d'ébène accroché au chevet de la malade.

« Mais je vois, reprit-elle en le montrant à Mme Delmas, que vous connaissez la source de toute consolation. Je ne pourrais rien vous dire que ne vous dise bien plus éloquemment que moi ce simple crucifix.

— Vous avez raison, Mademoiselle; aussi n'ai-je jamais voulu m'en séparer. Il appartenait à ma mère; il ne m'a jamais quittée, et j'espère bien le léguer à ma fille quand l'heure sera venue, » dit la pauvre femme en essayant vainement de retenir ses larmes.

Depuis son arrivée dans la mansarde, Alice n'avait pu détourner son regard de la figure pâle et amaigrie de la malade. Les yeux de Mme Delmas brillaient d'un éclat fébrile, sa voix faible était brève et saccadée. La jeune fille comprenait que cette malheureuse femme n'avait pas longtemps à souffrir. En l'entendant faire cette allusion à sa mort prochaine, elle fut obligée de se détourner un peu pour lui cacher son émotion.

« Je suis bien malade, ajouta Mme Delmas.

— Mais, Madame, les privations auxquelles sans doute vous n'avez pas été habituée sont la seule cause de votre état de souffrance; en faisant disparaître cette cause, on pourrait sans doute préparer votre guérison.

— Ne cherchez pas à m'illusionner, dit tristement la malade; je connais ma position. Pardonnez-moi, Mademoiselle, ajouta-t-elle en remarquant l'émotion de la jeune fille, vous êtes si bonne, je devrais ménager votre sensibilité; mais si vous saviez combien il est triste de dissimuler sans cesse ! Et pourtant je ne puis dire la vérité devant Claire, elle est déjà trop malheureuse; lorsqu'elle est là, je m'efforce d'être gaie; je lui parle de ma guérison, je semble croire à de meilleurs jours. Ah ! Mademoiselle, je n'ai pu résister à la tentation de soulager mon cœur.

— Et vous avez eu raison de me confier votre pensée, afin que je puisse vous détromper. Non, vous ne mourrez pas. Le manque de nourriture, d'air, de lumière, voilà ce qui vous tue, voilà ce qui finirait par tuer aussi votre pauvre enfant. Mais vous aurez une chambre saine, du soleil, une nourriture convenable, et vous vivrez. Flore, ajouta la jeune fille, n'as-tu pas apporté une bouteille de bordeaux ? »

La femme de chambre tira d'un sac de cuir qu'elle portait au bras la bouteille demandée et plusieurs bons de viande et de bouillon.

« Ma mère, dit la jeune fille, m'a donné ces bons afin que j'en dispose moi-même; je ne puis en faire un meilleur usage que de vous les laisser. Quant au vin, c'est la charge de Flore de le distribuer aux malades qu'elle sait en avoir besoin. » La jeune fille posa tout cela sur une table boiteuse placée près du lit de la malade.

Le lit et la table, avec les deux chaises sur lesquelles Alice et Flore étaient assises, formaient tout le mobilier de la chambre. Il n'y avait pas même un pauvre petit lit pour Claire; elle couchait avec sa mère, avec sa mère fiévreuse et mourante.

Alice glissa une pièce d'argent sous les bons de pain, et sortit avec Flore en promettant à Mme Delmas de revenir bientôt.

V

Alice n'oublia pas sa promesse. Quelques jours après, elle revenait cité Valadon. Cette fois Claire était près de sa mère. Elle avait vu sa protectrice la veille aux Champs-Élysées; Alice lui avait annoncé sa visite, et lui avait recommandé de ne pas sortir avant de l'avoir vue. Claire attendait impatiemment la jeune fille; elle reconnut son pas dans l'escalier; aussitôt elle ouvrit la porte et se précipita à sa rencontre :

« Ah ! venez, Mademoiselle, lui dit-elle, maman est mieux aujourd'hui; la seule pensée de vous voir lui a fait du bien. »

Alice et Flore entrèrent derrière l'enfant, qui sautait de joie en criant :

« La voilà, maman, la voilà, la belle demoiselle. »

Alice s'approcha du lit de Mme Delmas :
« Vous vous trouvez mieux, n'est-ce pas? lui
dit-elle.

— Oui, Mademoiselle, grâce à vous.

— Eh bien, puisque le régime que je vous ai
conseillé vous a réussi, je vais vous faire une
nouvelle ordonnance. Je suis bon médecin, n'est-
ce pas? J'ai fait mes preuves, ajouta la jeune
fille en riant. Il ne vous faut pas seulement une
nourriture saine et fortifiante, vous avez aussi
besoin d'air et de lumière. Cette chambre ne
peut convenir à une personne malade, il faut
absolument la quitter.

— La quitter! Hélas! Mademoiselle, je dois
m'estimer bien heureuse que le propriétaire ne
nous ait pas encore chassées de ce misérable
réduit. M. Dulac s'est montré bien bon pour
nous; car enfin il n'est pas riche, et je lui dois
déjà une année de loyer.

— Eh bien, vous paierez M. Dulac, et vous
déménagerez, et cela dès aujourd'hui. Combien vous coûte cette chambre?

— Quatre-vingt-dix francs, Mademoiselle.

— Et vous devez une année?

— Oui, Mademoiselle.

— Tiens, dit la jeune fille à Claire en lui

tendant un billet de banque, cours chez M. Dulac, et rapporte-moi la quittance.

— Mais..., voulut dire Mme Delmas.

— Va, mon enfant, et reviens tout de suite, il faut que je sois rentrée dans une heure. »

L'enfant hésitait encore, elle regardait sa mère.

« Vous me le devrez, Madame, dit Alice ; autant me le devoir qu'à M. Dulac.

— Va, Claire, » dit Mme Delmas.

Et la petite fille descendit vivement l'escalier.

« Maintenant, Madame, ajouta Mlle Dutertre, il faut faire vos préparatifs. Un commissionnaire est prévenu, il va venir chercher vos effets et les porter dans un logement plus convenable pour vous.

— Mademoiselle...

— Ne vous inquiétez de rien, tout est convenu avec votre nouveau propriétaire ; il a reçu d'avance le premier terme. La boulangère, votre voisine, veut bien se charger de vous conduire à votre nouveau domicile ; son mari vous aidera à descendre l'escalier et à monter en voiture. Ce déplacement vous fatiguera peut-être un peu, mais il est indispensable. »

Claire rentra bientôt, apportant la quittance de M. Dulac.

« Avec cela vous êtes en règle, dit Alice en la remettant à Mme Delmas. Maintenant, ma petite Claire, aide ta mère à s'habiller. Je trouverai moyen de vous voir demain. »

La pauvre malade ne savait comment témoigner à la jeune fille toute sa reconnaissance ; quant à l'enfant, elle ne comprenait rien aux paroles de leur bienfaitrice.

Mais Alice se déroba aux remerciements de ses protégées.

Quelques heures plus tard, Mme Delmas et sa fille étaient conduites et installées par leurs bons voisins dans une jolie chambre, appartenant à une maison de la rue du Champ-de-Mars. La maison était propre et convenable ; la chambre, assez grande, était éclairée par une large fenêtre qui permettait au soleil de l'éclairer de ses rayons. Flore, chargée par Alice de trouver un logement pour la pauvre malade, avait choisi celui-ci de préférence à beaucoup d'autres à cause de son exposition au midi. La maison était entourée de jardins, dont les arbres envoyaient jusqu'à la mansarde leurs salutaires émanations.

Un lit de fer, garni d'un bon matelas et d'une couverture neuve, avait été placé par les soins d'Alice dans la partie de la chambre la plus gaie et la mieux éclairée; de l'autre côté était un lit plus petit, destiné à Claire. Une commode de noyer et quelques chaises de paille bien propres complétaient l'ameublement. J'oubliais un vieux, mais confortable fauteuil à la Voltaire, destiné à la malade.

Mme Delmas, à la vue de cette chambre si convenable et si gaie, n'avait pu s'empêcher de pousser une exclamation de surprise et de joie. Mais sa surprise et sa joie augmentèrent encore quand elle remarqua les délicates attentions de sa bienfaitrice. « Ma Claire, dit-elle à sa fille, pourrons-nous jamais reconnaître ce que fait pour nous la bonne demoiselle ? (Alice n'avait pas même voulu dire son nom à ses protégées.) Dieu seul peut lui payer en bénédictions les bienfaits dont sa charité nous comble, ajouta Mme Delmas ; nous prierons pour elle, mon enfant, c'est tout ce que nous pouvons faire. »

Pendant que Mme Delmas et Claire prenaient possession de tout ce qu'elles devaient à Alice, et bénissaient leur aimable bienfaitrice, celle-

ci se livrait à ses occupations journalières;
mais sa pensée se portait souvent vers les nouvelles habitantes de la rue du Champ de Mars.
Elle fit ce jour-là beaucoup de visites avec sa
mère, et toutes les personnes qui la virent re-
marquèrent en elle quelque chose d'extraordi-
naire; elle semblait plus gaie, plus heureuse
encore que d'habitude. C'est que la satisfaction intérieure que procure l'accomplissement
d'une bonne action est la plus douce, comme
la plus pure, des jouissances.

VI

La santé de Mme Delmas s'améliorait sensiblement sous l'influence du bien-être relatif qui avait succédé pour elle à de si affreuses privations. Bientôt elle put se lever, et passer une partie de ses journées assise dans son fauteuil, près de la fenêtre. Peu à peu elle reprit son aiguille, put vaquer aux soins de son intérieur, et eut enfin la satisfaction d'entreprendre quelques travaux lucratifs. Elle avait beaucoup brodé autrefois, elle songea à utiliser son talent. Alice lui procura de l'ouvrage. Flore servait d'intermédiaire entre les amis d'Alice et sa protégée. Mme Delmas passait près des premières pour une parente de la vieille bonne, et elles croyaient rendre service à Flore en employant sa cousine.

La petite Claire avait repris son ancien com-

merce. Elle était trop jeune pour gagner autre-
ment sa vie, et le travail de sa mère ne pouvait
suffire aux besoins de deux personnes.

Or Alice continuait à payer le loyer de ses
protégées; elle fournissait aux besoins impé-
rieux ou exceptionnels de Mme Delmas et de
Claire. Mais, maintenant qu'elles pouvaient
toutes deux travailler, elle eût cru com-
mettre une injustice en disposant pour elles
de toutes ses ressources, quand des misères
plus immédiates réclamaient son assistance.
Mme Delmas était, d'ailleurs, trop délicate pour
ne pas s'efforcer de devenir de jour en jour
moins à charge à sa jeune bienfaitrice.

Deux ans passèrent. Claire était en âge de
faire sa première communion. La pauvre petite
savait lire et écrire, sa mère le lui avait appris
autrefois avant leurs malheurs; mais, depuis,
elle n'avait pas eu le temps d'aller à l'école,
et le soir, sa mère, fatiguée du travail de la
journée et forcée souvent de le continuer une
partie de la nuit, n'avait eu ni le temps ni la
force de s'occuper de son instruction.

Mme Delmas avait reçu dans son enfance une
éducation sinon brillante, du moins fort convenable; voyant sa fille grandir, elle regret-

tait chaque jour davantage de ne pouvoir au moins l'envoyer chez les sœurs. C'était maintenant le chagrin de la pauvre mère. Ce fut encore Alice qui se chargea d'y mettre fin.

Claire allait le dimanche au catéchisme; M. le curé de Saint-Pierre, fort content de sa conduite, l'avait admise à faire sa première communion. L'enfant, heureuse, apportait cette bonne nouvelle à sa mère, quand elle trouva chez elle Alice, qui, ayant eu par hasard à aller ce jour-là chez une de ses amies demeurant rue Saint-Dominique, avait allongé un peu son chemin pour faire une surprise à ses protégées.

« Vous voilà, Mademoiselle; ah ! que je suis contente ! dit la petite fille en l'apercevant, vous allez savoir la nouvelle tout de suite : M. le curé m'admet au nombre des enfants de la première communion. Cela te fait grand plaisir, n'est-ce pas, maman? ajouta-t-elle en sautant au cou de Mme Delmas.

— Oui, mon enfant, répondit celle-ci.

— Mais tu n'as pas l'air heureuse.

— Si, car cela me prouve que M. le curé est content de toi. Mais, je l'avoue, quelque chose me préoccupe, je crains que tu ne sois pas assez instruite pour une si grave action.

— Madame, dit Alice, je suis de votre avis. Un acte aussi important demande une sérieuse préparation ; mais Claire est pleine de bonne volonté, elle ne manque pas d'intelligence, depuis plus d'un an elle suit le catéchisme, et il y a encore trois mois avant le grand jour. A partir de demain, envoyez-la chez les sœurs ; je connais ces personnes, je la leur recommanderai particulièrement, et je suis sûre qu'au mois de mai elle sera suffisamment instruite.

— Mais, Mademoiselle, il faut bien que j'aille vendre mes fleurs, reprit la petite Claire en soupirant.

— Pendant ces trois mois, mon enfant, tu ne vendras plus de fleurs que le soir, après l'école. Tu sortiras à quatre heures, tu seras aux Champs-Élysées pour le retour du bois. Mais, ajouta la jeune fille, que peux-tu gagner dans la matinée ?

— Peu de chose, Mademoiselle ; quelquefois dix sous, quelquefois moins : il faut bien acheter les fleurs, et elles sont chères en ce moment. » On était au mois de février.

« Eh bien, Claire, veux-tu me fournir toutes

les semaines des roses semblables à celles-ci ?
dit Alice en montrant les fleurs posées sur la
table et destinées à la vente du soir. Le samedi
est le jour de réception de ma mère, je suis
chargée du soin d'entretenir de fleurs tous les
vases du salon, à partir de ce jour je te nomme
ma fournisseuse ordinaire. Combien te coûtent
ces roses ?

— Un franc la douzaine.

— Tu m'en fourniras chaque semaine cinq
douzaines, je te les paierai quinze francs. Cela
te convient-il ?

— Mais, Mademoiselle, c'est beaucoup trop,
répondit l'enfant, qui ne se rendait pas un
compte exact des avantages de ce marché, mais
à qui la somme paraissait excessive.

— Tu acceptes donc ?

— Je crois bien.

— C'est trop de délicatesse que de ménager
ainsi notre amour-propre, reprit Mme Delmas ;
ne dissimulez pas, Mademoiselle, ce nouveau
bienfait ne saurait augmenter la reconnaissance
que nous vous devons déjà ; mais je crois qu'il
m'est plus sensible encore que tous ceux dont
vous nous avez comblés jusqu'ici.

— Ah ! ma Claire, ajouta-t-elle en embras-

sant sa fille, tu vas donc recevoir les enseignements des bonnes sœurs, tu pourras donc
enfin te préparer convenablement à ta première
communion ! Si vous saviez, Mademoiselle,
combien de fois j'ai fait ce rêve de pouvoir
comme les autres mères envoyer mon enfant
à l'école ! Ce rêve, vous le réalisez, Mademoiselle ; vous êtes notre bonne fée, ou plutôt
non, vous êtes un ange du bon Dieu ; que le
bon Dieu vous récompense ! »

Alice se leva. « Ainsi donc, demain, dit-elle
à la petite Claire, tu iras chez les sœurs, et
samedi tu n'oublieras pas mes fleurs. Flore
vient tous les samedis matin faire une commis-
sion près des Invalides ; elle les prendra vers
dix heures. Tu entends, ma bonne Flore, »
dit-elle à cette dernière.

Et la jeune fille prit congé de ses protégées.

————————

VII

Trois mois sont vite passés. Mais la petite Claire employa si bien le temps qui la séparait de sa première communion, que, lorsque arriva l'époque fixée, elle était citée comme une des plus instruites parmi ses jeunes compagnes.

Claire était pieuse. Sa mère lui avait appris dès sa plus tendre enfance à accomplir avec bonheur les petits devoirs religieux à la portée de son âge, et plus tard elle avait reçu de cette excellente mère le meilleur des enseignements, celui de l'exemple.

Hélas! peu d'enfants parmi ceux qui fréquentaient l'école avaient des mères capables comme Mme Delmas de seconder leurs bonnes maîtresses.

Les sœurs, auxquelles d'ailleurs, selon sa promesse, Mlle Dutertro avait chaudement recommandé Claire, prirent en affection la petite fille, dont le charmant caractère, l'application.

et la fervente piété, ne pouvaient manquer de gagner tous les cœurs.

Alice suivit avec intérêt les progrès de sa protégée ; dans ses visites elle interrogeait l'enfant, l'encourageait, stimulait son zèle par ses paroles et aussi par de petits cadeaux ; enfin, en récompense de sa bonne conduite, elle se chargea de sa toilette de première communion.

A mesure que le jugement de Claire se formait, sa reconnaissance pour Alice allait toujours croissant.

« Maman, dit-elle à sa mère le soir de sa première communion, j'ai bien prié pour toi et aussi pour Mlle Alice ; oh ! mère, combien je l'aime cette bonne demoiselle ! Je l'aime presque autant que toi.

— Tu as bien raison, mon enfant, lui répondit Mme Delmas, nous ne saurions jamais être assez reconnaissantes envers elle.

— Je le sais, mère, reprit Claire ; aussi, ce matin, après avoir prié Dieu de la bénir, sais-tu ce que je lui ai demandé comme le plus grand des bonheurs ?

— Quoi donc, mon enfant ?

— L'occasion de reconnaître un jour tout ce qu'elle a fait pour nous. »

Alice avait décidé que Claire continuerait à aller chez les sœurs. Elle était maintenant en âge d'apprendre un état. Les bonnes sœurs tenaient un ouvroir, elles se chargèrent de montrer à travailler à la petite fille en même temps qu'elle suivrait l'école. Pour cela il lui fallait renoncer à aller vendre ses roses. Ce serait une ressource de moins pour les pauvres femmes; mais Alice y suppléa. La jeune fille avait l'habitude de confectionner elle-même des vêtements pour les pauvres.

« Je ne puis, dit-elle à Claire, arriver à travailler autant que je le voudrais. Tu m'aideras, tu coudras pour moi le soir en causant avec ta mère. »

Le lendemain, Flora apportait rue du Champ-de-Mars un gros paquet renfermant des brassières, des chemises et des petits bonnets taillés par Alice, et destinés à de pauvres enfants :

« Quand tu auras fini, dit-elle à la petite fille, je te fournirai d'autre ouvrage. »

Ce nouvel arrangement combla de joie Mme Delmas. Sa fille allait acquérir en même temps et une certaine instruction, et un état capable de lui assurer une modeste indépendance; de plus, et cela surtout la rendait bien heureuse, la pauvre mère n'aurait plus le chagrin, quand son travail la retenait elle-même à la maison, de savoir son enfant seule dans Paris, exposée à toutes sortes de dangers. Elle pourrait conserver Claire auprès d'elle le soir, veiller elle-même sur sa fille.

Deux années s'étant écoulées depuis la première communion de Claire, l'enfant avait grandi, elle était devenue jeune fille. Alice allait avoir vingt ans; on parlait, dans la société de M. Dutertre, de son prochain mariage avec M. Georges de Lormel, qui semblait chaque jour plus empressé auprès d'elle. Flore, par une indiscrétion bien pardonnable (elle aimait tant sa jeune maîtresse, et elle connaissait si bien l'affection de Mme Delmas et de sa fille pour Mlle Dutertre), Flore avait déjà annoncé aux habitantes de la rue du Champ-de-Mars que bientôt Alice deviendrait madame, et leur avait même laissé deviner l'intention annoncée devant elle par la future jeune femme, de prendre avec elle sa petite protégée, et d'assurer ainsi le sort de Claire, si toutefois Mme Delmas n'y mettait pas d'opposition.

Sur ces entrefaites, Mme Dutertre, dont la

santé donnait depuis quelque temps d'assez
vives inquiétudes à sa famille, s'étant trouvée
plus souffrante, les médecins lui conseillèrent
d'aller passer plusieurs mois à Nice. M. Dutertre ne pouvait s'absenter. Le mariage d'Alice
fut remis au printemps suivant, et elle dut accompagner sa mère.

Au moment de quitter Paris, Alice n'oublia
pas ses protégées ; elle s'arrangea pour assurer
à Mme Delmas du travail pour le temps présumé
de son absence, et les sœurs lui promirent d'occuper Claire, qui était maintenant bonne ouvrière. Elle partit donc tranquille sur le sort
des deux femmes.

VIII

L'année suivante, par un beau jour de mai, deux femmes, l'une jeune et élégante, l'autre déjà âgée et mise fort simplement, sortaient du pont de l'Alma et s'engageaient par la rue Bousquet, dans le quartier du Gros-Caillou. «Comme elles vont être contentes! disait la plus jeune; pour moi, je me fais une véritable fête de les revoir. Mme Delmas est une femme bien intéressante, et vous ne sauriez croire, Flore, combien je me suis attachée à cette petite Claire.

— C'est une bonne petite fille, reprit la vieille femme; d'abord elle vous aime comme vous méritez d'être aimée.

— Il ne s'agit pas de moi en ce moment. Ménagez ma modestie, dit en souriant la jeune fille; si je vous écoutais, ma Flore, vous me rendriez insupportable, car je me croirais une perfection.

— Plaisantez-moi, Mademoiselle, cela m'est égal.

— Vous savez à quoi vous en tenir, n'est-ce pas? Vous connaissez votre Alice, vous savez que, si elle taquine sa Lolo, c'est parce qu'elle la sait trop bonne pour se fâcher. Mais, Flore, vous n'avez donc eu depuis deux jours aucune nouvelle de nos protégées?

— Non, Mademoiselle; Mariette, la seule personne qui eût pu me parler d'elles, ne les a pas vues depuis six mois. Mme Delmas a rendu à sa maîtresse l'ouvrage qu'elle avait à elle au moment de notre départ, et depuis Mme de Richecourt ne l'a pas revue; cela l'étonne, car elle devait lui procurer du travail.

— C'est surprenant, en effet; la pauvre femme est si délicate, peut-être est-elle malade. »

Tout en causant, Alice et Flore étaient arrivées devant le numéro 7 de la rue du Champ-de-Mars. Sans rien demander au concierge, elles montèrent l'escalier qui conduisait chez Mme Delmas. Alice, désireuse de surprendre Mme Delmas et Claire, voulut ouvrir doucement la porte, qui ordinairement n'était pas fermée à clef. Mais la porte résista à tous ses efforts. « Il paraît que maintenant ces dames craignent les voleurs, dit en riant la jeune fille. Sonnons donc. » Alice venait d'apercevoir un cordon de sonnette, luxe inconnu autrefois à la porte de ses protégées. Elle le tira vivement.

« J'ai hâte de jouir de leur surprise, » disait Alice, quand la porte s'ouvrit.

Elle recula étonnée. Une jeune femme inconnue était devant elle.

« Je ne puis me tromper, pourtant, dit Alice, je suis bien chez Mme Delmas.

— Non, Mademoiselle, répondit la jeune femme.

— Mais c'est bien ici qu'elle demeurait.

— Alors vous demandez sans doute la locataire qui habitait avant nous ce logement : une dame grande et pâle qui avait une fille, gentille petite blonde.

— C'est bien cela. Sauriez-vous ce qu'elle est devenue ?

— Non, Mademoiselle. J'ai vu les deux dames quand j'ai visité le logement, je n'en ai jamais entendu parler depuis ; mais le concierge pourra peut-être vous renseigner.

— Je l'espère. »

Mais le concierge ne put rien apprendre de plus à la jeune fille que ce qu'elle savait par la nouvelle locataire, c'est-à-dire que Mme Delmas, avait quitté son logement depuis six mois. Un matin il lui avait remis une lettre, le soir elle lui avait annoncé qu'elle déménagerait le lendemain ; son loyer était payé d'avance, il n'avait rien à dire. D'après quelques mots qu'il avait entendus, il supposait que Mme Delmas et sa fille avaient quitté Paris.

Alice courut aussitôt chez les sœurs ; là, se disait-elle, j'aurai certainement des renseignements sur Claire et sur sa mère. Elle se trompait. Le départ de Mme Delmas avait été si précipité, que sans doute Claire n'avait pas eu le temps d'aller prendre congé des bonnes sœurs ; elle avait seulement, en partant, laissé pour la supérieure un billet ainsi conçu :

« Ma chère mère,

« Merci de ce que vous avez fait pour moi ; une lettre pressante nous appelle ma mère et moi bien loin d'ici. Je ne puis vous expliquer ce qui nous arrive, je ne le comprends pas encore moi-même.

« Adieu, ma mère ; adieu, mes bonnes sœurs ; priez toutes pour votre reconnaissante

« CLAIRE. »

3*

Et depuis, aucune nouvelle des deux femmes n'était parvenue au couvent.

Alice fit faire par Flore toutes les démarches imaginables pour retrouver la trace de ses pro-tégées. Ce fut en vain. Qu'étaient-elles deve-nues? La suite de ce récit nous l'apprendra.

IX

Un mois à peine s'était écoulé depuis le retour de Mme Dutertre et de sa fille, quand un matin M. Dutertre entra dans la chambre de sa femme. Mme Dutertre ne put retenir un cri de douloureuse surprise, tant il était pâle et défait.

« Qu'as-tu donc? » lui dit-elle en allant vivement à sa rencontre.

M. Dutertre ne lui répondit pas, il s'affaissa sur un siège, et pendant quelques minutes ne put articuler un seul mot. Mais tout à coup, se levant, et fixant sur sa femme un regard où se lisait toute l'étendue de son désespoir :

« Charlotte, lui dit-il, nous sommes ruinés. Alice ! notre pauvre Alice ! »

Et les larmes montaient aux yeux du malheureux père en pensant à sa fille.

« Alice, que va-t-elle devenir? Le misérable ! ajouta-t-il, l'attendrissement faisant chez lui place à la colère, le misérable ! Ah ! Dieu ne permettra pas qu'il jouisse de son crime, ou

Dieu ne serait pas juste. Mais, ajouta-t-il au paroxysme du désespoir, où est-elle donc la justice, quand un misérable de cette espèce peut ravir la tranquillité, la fortune, l'honneur d'une famille ?

« — Calme-toi, mon ami, reprit Mme Dutertre, qui, près de défaillir en apprenant la terrible nouvelle, avait su, par un effort sublime, triompher de sa propre douleur, afin de soutenir son mari par l'exemple de son courage ; calme-toi, et surtout n'accuse pas la Providence ; d'ailleurs, tout n'est peut-être pas encore désespéré.

« — Ah ! Charlotte, dit-il, tout est fini. »

Et le malheureux banquier expliqua à sa femme comment une société industrielle, avec laquelle il faisait des affaires très importantes, avait, quelques jours auparavant, fait une faillite désastreuse, le laissant engagé pour des sommes énormes ; comment l'effondrement de cette maison colossale avait porté dans le monde financier une désolante panique ; comment quelques-uns de ses clients, le sachant banquier de la compagnie en question, avaient craint qu'il ne fût entraîné dans sa ruine, et s'étaient empressés de réclamer leurs fonds ; comment un

confrère, depuis longtemps jaloux de sa position commerciale et comptant établir sa fortune sur les ruines de la sienne, avait su profiter de la circonstance pour répandre le bruit
de sa prochaine faillite ; comment les demandes
de remboursements lui étaient alors arrivées
de toutes parts ; et comment enfin il devait,
avant huit jours, payer des sommes considérables auxquelles sa caisse ne pourrait suffire.

« Dans huit jours, ajouta M. Dutertre, dans
huit jours j'aurai déposé mon bilan, dans huit
jours mon nom sera déshonoré. Et le malheureux banquier se tordait de désespoir.

— Mais, dit tout à coup Mme Dutertre, combien te manque-t-il donc pour satisfaire tes
créanciers ?

— Cinq cent mille francs.

— Eh ! n'avons-nous pas notre propriété de
Clairville ? Elle est, ce me semble, libre de toute
hypothèque.

— Sans doute. Mais c'est ta dot, Charlotte,
je n'ai point le droit d'y toucher.

— Mais j'ai le droit de la vendre, moi.

— Certainement.

— Le produit de cette vente suffira-t-il pour
nous sauver ?

— Pour nous sauver de la honte, oui, mais non pour nous sauver de la ruine.

— Eh bien ! qu'est-ce que la ruine, s'il nous reste l'honneur ?

— Tu as raison, Charlotte, répondit M. Dutertre, qui se sentait gagné par le courage de la noble femme ; conservons notre honneur, nous aviserons ensuite. »

Ils en étaient là de leur conversation, quand Alice entra dans la chambre. La jeune fille semblait ce matin-là plus gaie encore que d'habitude. « Bonjour, maman, dit-elle en embrassant Mme Dutertre, comment te trouves-tu aujourd'hui ? » Mais une larme, échappée malgré elle des yeux de la pauvre mère, vint tomber sur la joue d'Alice. « Qu'as-tu, mère ? » dit la jeune fille. Et, levant la tête, elle remarqua l'émotion peinte sur les traits de Mme Dutertre. Elle se retourna vers son père ; il était plus pâle encore, un sombre désespoir était écrit sur son visage, la vue de sa fille lui avait porté le dernier coup « Qu'y a-t-il, mon père ? dit-elle en se précipitant vers lui. Que se passe-t-il ?

— Pourquoi t'effrayer, mon enfant ? dit Mme Dutertre en s'efforçant de sourire.

— Mais, mère, tu pleures, et mon père... Quelque grand malheur nous menace, je le vois dans vos yeux.

— Alice, dit M. Dutertre, mon Alice, oh ! non, je ne saurais te dire... je n'en ai pas la force. Et le pauvre père pressait convulsivement la jeune fille sur son cœur.

— Mon père, je t'en prie, ne me laisse pas plus longtemps dans cette cruelle incertitude. Le docteur sort d'ici... ma mère...

— Non, enfant, oh ! non, ce n'est pas de cela qu'il s'agit, heureusement ! mais...

— Mon ami, reprit alors Mme Dutertre, Alice n'est plus une enfant, c'est une femme, nous devons tout lui dire, car elle est capable de tout entendre. Mon Alice, nous sommes ruinés.

— Ah ! ce n'est que cela ! répondit la jeune fille en se jetant au cou de sa mère.

— Mais, dit Mme Dutertre à son mari, je crois qu'il serait bon d'aller tout de suite chez le notaire pour l'affaire de Clairville. Prends, je te prie, les papiers nécessaires, dans un quart d'heure je suis à toi. »

M. Dutertre sortit de la chambre. Mme Dutertre et sa fille, restées seules, se tinrent quelque temps embrassées : « Comment consolerons-nous mon pauvre père ? dit enfin Alice.

— Nous ne saurions le consoler, ma fille, lui répondit sa mère; mais nous lui donnerons l'exemple du courage, et nous prierons pour qu'il supporte en chrétien cette cruelle épreuve. »

X

Deux mois plus tard, M. Dutertre, grâce au produit de la vente de Clairville, avait pu remplir tous ses engagements, et rembourser intégralement toutes les sommes qui lui avaient été confiées ; mais de cette fortune, qui lui avait fait tant d'envieux, il ne lui restait absolument rien.

Un de ses confrères, avec lequel il avait toujours eu de bons rapports, lui avait offert dans sa maison un emploi dont le traitement pouvait, à la rigueur, subvenir aux besoins de sa famille. L'hôtel de la chaussée d'Antin avait été abandonné, son mobilier vendu, et l'ancien banquier habitait maintenant un modeste appartement situé rue de l'Échiquier, non loin de ses nouvelles occupations. M. Dutertre commençait à reprendre courage et à s'habituer à sa nouvelle position. Les attentions délicates de sa femme et les prévenances de sa chère Alice n'avaient pas peu contribué à ce résultat.

Un jour, Mme Dutertre et sa fille étaient sor-

ties popr faire quelques emplettes; à léur retour
elles rencontrèrent dans l'escalier le docteur
Dupré, leur médecin et leur ami. Le visage du
docteur était plus grave qu'à l'ordinaire. « Madame, dit-il à Mme Dutertre en rentrant avec
elle, ayez du courage, je vous en supplie.

— Qu'y a-t-il donc, docteur ?

— Votre mari...

— Mon mari est malade ? Et elle s'élançait
vers la porte de la chambre de M. Dutertre.

— N'entrez pas, Madame, M. Dutertre...

— Mais encore.

— Je vous en prie, Madame...

— Ah ! je devine tout ! s'écria la pauvre
femme : il est mort ! n'est-ce pas, docteur ?

— Oui, Madame, » répondit simplement
M. Dupré.

Mme Dutertre jeta un cri déchirant, et se dirigea de nouveau vers la chambre. Cette fois le
docteur n'essaya plus de la retenir. D'ailleurs,
Alice réclamait tous ses soins; en entendant le
terrible oui, la pauvre enfant avait senti la vie
l'abandonner; un moment elle avait cru qu'elle
allait rejoindre son père. Les soins du bon docteur la rappelèrent bientôt à elle-même, et
avec les forces physiques le courage lui revint;

elle comprit qu'elle devait consoler sa mère, et
pour cela surmonter sa propre douleur.

M. Dutertre était mort d'une rupture d'ané-
vrisme. Il était rentré chez lui peu après le
départ de sa femme et de sa fille. M. de Lormel l'attendait. Ils étaient restés un quart
d'heure à peu près enfermés dans la chambre
de M. Dutertre; puis la domestique avait entendu un bruit semblable à la chute d'un corps,
et M. de Lormel s'était élancé dans l'anti-
chambre pour demander du secours. La bonne
avait couru tout de suite chez le docteur, qui, par
hasard se trouvant chez lui, était arrivé aussitôt, mais trop tard cependant, car il n'avait
pu que constater la mort de M. Dutertre. Voilà
les seuls renseignements que les pauvres femmes
purent obtenir sur ce qui s'était passé. Mais
quelques mots suffiront pour tout expliquer au
lecteur.

Depuis la ruine de M. Dutertre, il n'avait
plus été question du mariage projeté entre
Alice et Georges de Lormel. Il devait être
ajourné, tout le monde l'avait compris. Georges
continuait à fréquenter la maison sur le même
pied qu'autrefois. Alice, sûre de l'affection de
Georges, n'avait pas eu un seul instant l'idée

que rien pût être changé à ses projets; cependant sa mère, qui avait l'expérience du monde, était moins tranquille, et M. Dutertre partageait les inquiétudes de sa femme. Aussi résolut-il de mettre un terme à une cruelle incertitude. Il était d'ailleurs de son devoir d'honnête homme de rendre à Georges une parole donnée dans des circonstances si différentes de la situation actuelle. Il avait donc demandé un rendez-vous à M. de Lormel père, et celui-ci était venu ce jour-là chez lui pour se rendre à son invitation.

Après quelques paroles insignifiantes, M. Dutertre aborda sans préambule la question : « Mon cher ami, dit-il, tout est bien changé depuis le jour où vous m'avez demandé pour Georges la main de ma fille. Je dois, en conscience, vous rendre votre parole. » La voix du pauvre père était ferme en prononçant ces mots, mais son cœur battait avec violence. M. de Lormel regarda son ami avec une surprise mêlée d'admiration. « Je n'osais espérer, lui dit-il, que vous feriez vous-même cette démarche, et il m'en coûtait d'aborder un sujet aussi délicat. Et cependant ce mariage n'est plus possible. Votre fille a toutes les qualités que l'on peut souhaiter chez une femme, mais Georges doit épouser une personne riche, son avenir en dépend. »

Cette réponse brisait les dernières espérances du pauvre père. M. Dutertre cacha sa tête dans ses mains pour dérober à M. de Lormel quelques larmes involontaires qui lui semblaient indignes d'un homme. En cet instant, il vit d'un coup d'œil l'avenir de sa fille, avenir de tristesse et de déceptions ; il devina le désespoir de la pauvre enfant, quand il lui faudrait détruire les plus chères illusions de son cœur. Les derniers événements avaient fortement ébranlé la santé de M. Dutertre, cette dernière douleur lui porta le coup mortel. « Je vous pardonne, dit-il à M. de Lormel en lui tendant une main glacée, puisque vous croyez agir dans l'intérêt de Georges. » Il murmura le nom de sa femme, prononça une dernière fois celui d'Alice, et tomba sans vie sur le parquet. Ce fut alors que M. de Lormel sortit de la chambre pour appeler au secours, croyant encore à un simple évanouissement. Nous savons le reste.

La mort de M. Dutertre laissait sa femme et
sa fille sans aucune ressource. Il leur fallut encore quitter le modeste, mais convenable,
appartement qu'elles habitaient avec lui, pour
prendre, dans un quartier retiré, un logement
dont le prix fût plus abordable.

Alice avait un véritable talent sur le piano,
elle dut songer à l'utiliser en donnant des leçons. Mais il n'est pas facile de trouver des
élèves, surtout lorsqu'on en a besoin. Autrefois, lorsqu'une société brillante se pressait
dans l'hôtel du banquier, dont les fêtes comp-
taient parmi les plus belles et les mieux ordon-
nées, le talent d'Alice avait fait bruit dans le
monde ; chacun était dans le ravissement lorsqu'elle voulait bien se mettre au piano. Mais
quand, pressée par la nécessité, elle se résigna
à aller avec sa mère prier ses amis d'autrefois
de vouloir bien s'employer à lui procurer des
leçons, les deux dames trouvèrent chez le plus
grand nombre une froideur désespérante ;

d'autres, mieux élevés, les reçurent avec les marques d'une sympathie exagérée de la part de gens qui, depuis les malheurs de M. Dutertre, s'étaient subitement éloignés de sa famille. Quelques-uns protestèrent de leurs bonnes intentions, de leur désir d'être utiles à *d'anciennes amies.* Ils appuyaient sur ce mot. Mais tous, en même temps qu'ils approuvaient le projet d'Alice, semblaient vouloir la décourager d'avance en lui montrant les difficultés de l'exécution.

« Ma chère Alice, lui disait une vieille dame, autrefois une de ses plus chaudes admiratrices, je vous ai vue naître, je puis vous dire toute la vérité. Vous avez un jeu très agréable, mais enfin vous n'êtes pas artiste; et les dames de ma société ne veulent malheureusement pour professeurs de leurs filles que des personnes de talent. »

« Ma pauvre Alice, répondait à Mᵐᵉ Dutertre une de ses amies d'enfance, Berthe commencera le piano cet hiver, je te la donnerais bien pour élève, mais tu n'as pas l'habitude de professer; je dois penser d'abord à l'intérêt de ma fille; tu comprends cela, n'est-ce pas? Mais je m'occuperai de toi; je connais quelques dames qui ne veulent pas mettre trop cher aux leçons de leurs enfants, je te les enverrai. »

Après les premières visites, Alice rentra plongée dans un état de découragement qu'on ne saurait exprimer. Quand elle se trouva enfin seule avec sa mère, elle fondit en larmes. « Mon Dieu ! s'écria-t-elle, mon Dieu ! qu'allons-nous devenir ? Je me croyais capable de gagner ma vie et la tienne, ma bonne mère ; me suis-je trompée ? Ces compliments auxquels j'ai crus n'étaient-ils que basses flatteries ? Et poutrant, M. Chantas est un artiste de talent, et il m'a souvent fait entendre qu'il me comptait au nombre de ses meilleures élèves ; m'abusait-il donc, lui aussi ? Cependant il me semble que j'en sais assez pour commencer des enfants.

— Console-toi, ma chérie, lui répondit Mme Dutertre, le monde est fait ainsi, j'avais prévu ce qui t'arrive ; quand nous étions heureux et riches, ceux que nous amusions croyaient devoir payer de leurs flatteries le plaisir que nous leur procurions ; les services que nous pouvions leur rendre ; mais aujourd'hui, qu'ils n'ont plus rien à attendre de nous, les envieux d'autrefois trouvent une basse satisfaction à nous humilier. Mais, chère enfant, ajouta Mme Dutertre en voyant des larmes amères couler sur les joues de sa fille, quand le monde nous abandonne la Providence nous reste; j'ai confiance en elle; j'ai confiance aussi dans ton courage et ta persévérance. Tu as du talent, quoi qu'ils en disent, mon Alice. J'irai trouver M. Chantas, peut-être sera-t-il plus bienveillant que ceux que nous appelions nos amis. »

M. Chantas, en effet, témoigna aux deux pauvres femmes une extrême bonne volonté. Sorti d'une famille honorable, mais modeste, il avait eu, lui aussi, beaucoup à travailler et beaucoup à souffrir avant d'arriver à la réputation et au bien-être. Il connaissait toutes les fatigues et tous les déboires du professorat. Il comprit combien Mlle Dutertre, habituée aux adulations du monde, aux gâteries de la famille, aurait à souffrir dans la nouvelle carrière qu'une cruelle nécessité la forçait d'embrasser. Il la plaignit sincèrement, et promit à sa mère de faire tout ce qui lui serait possible pour aplanir à son élève les difficultés des débuts.

Grâce à la recommandation du grand ar—

tiste, la jeune fille eut bientôt assez de leçons pour suffire aux besoins de sa mère et aux siens. Il est vrai que leurs besoins étaient peu considérables, car elles avaient rompu complètement avec le monde. Deux ou trois anciens amis de la famille étaient seuls admis chez les pauvres recluses, qui, depuis la mort de M. Dutertre, habitaient un appartement des plus modestes situé au quatrième étage d'un vieil hôtel de la rue Saint-Louis. Le Marais, quartier si retiré, qu'au milieu de Paris, à dix minutes de l'hôtel de ville et à cinq des boulevards, on se croit au fin fond d'une province, convenait à la disposition d'esprit de Mᵐᵉ Dutertre; l'air pur qu'on y respire, grâce aux anciens jardins qu'on y a respectés, l'avait fait recommander par le docteur, auquel la santé de la pauvre dame donnait toujours de graves inquiétudes.

Du nombreux domestique de la maison du banquier, une seule bonne était restée au service des dames Dutertre; c'était une brave fille de campagne. Venue depuis peu de son pays comme aide de cuisine, nullement au courant du service, Rose n'était pas capable de gagner de gros gages. Cette circonstance n'avait pas été pour peu de chose dans la décision qu'avait prise Mme Dutertre de la conserver avec elle, quand elle était obligée de se séparer d'anciens serviteurs depuis longues années attachés à la maison.

Flore elle-même, la vieille et fidèle Flore, avait dû quitter ses chères maîtresses. Une femme de chambre devenait pour eux un luxe trop coûteux. La pauvre Flore eût fait volontiers l'abandon de ses gages pour ne pas s'éloigner d'Alice; mais Mme Dutertre ne l'eût pas souffert, et puis Flore avait une vieille mère dont elle était maintenant l'unique soutien. Le désintéressement ne lui était pas permis.

Le départ de Flore fut pour Alice un véritable chagrin, et quand la bonne fille vint en pleurant prendre congé de ces dames, au moment de quitter cette maison, que si longtemps elle avait regardée comme la sienne, Mme Dutertre n'essaya pas de cacher son émotion en lui souhaitant d'être heureuse chez les nouveaux maîtres qu'elle allait servir.

Alice s'habitua peu à peu à sa nouvelle position. A mesure que les leçons lui venaient et qu'elle pouvait donner à sa mère un peu plus de bien-être, elle reprenait courage, et semblait presque heureuse. Mme Dutertre, pourtant, s'apercevait bien qu'elle était triste et préoccupée. Le deuil de son père expliquait sa tristesse ; mais sa préoccupation avait une autre cause.

Mme Dutertre, après la mort de son mari, avait, en femme prudente, éloigné de sa fille son ancien fiancé, Georges de Lormel. En vain le jeune homme, qui, loin de partager les idées de son père, voulait épouser Alice aussitôt le temps de son deuil écoulé, l'avait-il suppliée de ne pas cesser de le recevoir ; Mme Dutertre, qui connaissait l'opposition qu'il devait trouver dans sa famille, avait tenu bon, et, quoique bien à regret, car elle aimait Georges, et savait quelle peine elle causerait à sa fille, avait formellement exigé qu'il cessât ses visites. Alice avait demandé à sa mère pourquoi Georges ne venait plus.

« Lui aussi nous abandonne-t-il ? avait dit tristement la jeune fille.

— Non, lui avait répondu Mme Dutertre ; Georges est un brave jeune homme, mais il ne doit plus te voir, puisqu'il ne peut plus t'épouser.

— C'est vrai, avait répété la pauvre Alice avec amertume; il ne peut plus m'épouser. » Et elle n'en avait pas demandé davantage.

A partir de ce moment, Mme Dutertre avait évité de parler de Georges, et jamais plus Alice n'avait prononcé son nom.

XI

Deux ans s'étaient écoulés sans apporter aucun changement dans la situation des dames
Dutertre, quand éclata la fatale guerre de 1870.
Bientôt l'enthousiasme, qui semblait d'abord
s'être emparé des esprits, se refroidit à l'an-
nonce de nos défaites, et, six semaines après la
déclaration de guerre, Paris consterné apprit
que l'ennemi était à ses portes. Ce fut alors un
sauve-qui-peut général de femmes, de vieil-
lards et d'enfants. Il ne resta dans Paris que les
hommes propres à porter les armes, et les personnes à qui leurs affaires ou la modicité de
leurs revenus ne permettaient pas de fuir la
capitale. Au nombre de ces dernières furent
Mme Dutertre et sa fille. Mais toutes les élèves
d'Alice avaient échappé, celles-ci vers les côtes
de Bretagne, celles-là en Angleterre, en Bel-
gique ou en Suisse. Bientôt les pauvres femmes
virent avec désespoir leurs dernières pièces de

cinq francs passer de leurs mains dans celles de leurs fournisseurs. Comment allaient-elles maintenant se procurer le nécessaire? Heureusement la Providence vint à leur secours.

Mme Lebas, une ancienne amie de Mme Dutertre, à laquelle celle-ci autrefois avait souvent rendu service, et l'une de ces âmes d'élite pour qui la reconnaissance n'est pas un fardeau, s'aperçut de leur détresse. Elle leur prêta d'abord un peu d'argent; mais elle n'était pas riche, et n'eût pu longtemps fournir à leurs besoins.

Alice avait plusieurs fois exprimé devant cette excellente amie le désir de se livrer à quelque travail manuel, afin de suppléer aux leçons qui lui manquaient. Un jour, Mme Lebas entra joyeuse chez les dames Dutertre.

« Ma chère enfant, dit-elle à Alice, je vous ai enfin trouvé une occupation. On m'avait dit que Mme Breton avait une commande considérable de chemises destinées à l'armée, et qu'elle manquait d'ouvrières, j'ai été lui proposer de vous confier de l'ouvrage; c'est une très bonne personne, et, sur ce que je lui ai dit, elle sera heureuse de vous obliger. Si vous voulez venir avec moi, nous irons la voir ensemble, et vous vous arrangerez avec elle. Ce ne sera pas un travail bien lucratif, mais cela vous aidera à passer les mauvais jours que nous traversons. »

Alice devint donc une simple ouvrière occupée à faire des chemises pour les soldats.

Combien de fois, en tirant l'aiguille, qu'elle n'avait appris à manier qu'afin de travailler pour les pauvres, la jeune fille dut-elle faire de tristes retours sur le passé! Et cependant ce n'était pas du parallèle entre sa situation actuelle et son ancienne position que naissait cette tristesse que la pauvre enfant n'avait plus la force de dissimuler. Si sa mère n'en eût pas souffert, Alice se fût facilement résignée aux nombreuses privations auxquelles elle était condamnée. Mais elle savait que Georges de Lormel, qui avait autrefois passé deux ans à l'armée, avait été rappelé sous les drapeaux, et elle ignorait son sort.

Cependant la paix était signée; les Parisiens avaient, au sortir du siège, subi les horreurs de la Commune; tout commençait à rentrer dans l'ordre, on était au mois de juin 1871, quand les dames Dutertre reçurent une lettre de M. Chantas, qui leur annonçait qu'il ne comptait pas revenir à Paris. Il avait passé le temps de la guerre dans une petite ville du

Midi. Depuis quelques années déjà il sentait le besoin de se reposer, l'occasion le décida. La ville lui plaisait, il résolut de s'y établir. Cette nouvelle causa autant de chagrin que de surprise aux deux dames; depuis trois ans M. Chantas était leur plus intime ami, et Alice perdait en lui un précieux appui. Il promettait bien de la recommander à plusieurs personnes en position de la protéger, et il tint religieusement sa promesse; mais il n'était plus là, on n'avait plus les mêmes motifs de l'obliger.

La pauvre Alice ne retrouva donc au lendemain de la guerre qu'un très petit nombre d'élèves. Il ne lui fallait plus compter sur le travail qui l'avait fait vivre ainsi que sa mère pendant tout le temps du siège, le personnel ordinaire de Mᵐᵉ Breton lui était maintenant plus que suffisant.

Sa bonne Flore, qui avait passé huit mois en Bretagne avec ses maîtres, était revenue; elle était accourue aussitôt savoir des nouvelles de ses anciennes maîtresses. Alice ne lui cacha pas leur état de gêne excessive, et son désir d'employer de façon ou d'autre le temps que lui laissaient ses leçons. La brave fille se promit de chercher l'occasion d'être utile à sa chère Alice.

Mais le moment n'était pas favorable, le commerce était arrêté; les chefs de magasins, loin de donner de l'ouvrage en ville, remerciaient leurs ouvrières; la misère était grande, et les femmes du monde économisaient sur leur toilette pour soulager les malheureux.

On était bien triste dans le petit appartement de la rue Saint-Louis, car on se demandait comment payer le terme d'octobre, quand un jour Flore arriva joyeuse chez les pauvres dames. Elle venait proposer à Alice de faire des modèles pour un grand magasin d'ouvrages. Elle savait la jeune fille capable de parfaitement réussir ce travail, qui serait très bien payé. « Mais, Mademoiselle, dit-elle, je ne veux pas que vous ayez affaire au magasin, je me charge de tout. Je vous apporterai ce qu'il vous faut pour dessiner et pour exécuter vos modèles, et quand ils seront prêts je les porterai moi-même. Ma maîtresse me laisse chaque jour une partie de mes soirées; à quoi pourrais-je mieux employer mon temps qu'au service de ma chère Alice?

— Que tu es bonne, ma Flore! répondit la jeune fille en embrassant avec effusion sa vieille femme de chambre.

— Merci, Flore, lui dit Mme Dutertre, vous savez rendre service. »

A partir de ce jour le travail ne manqua plus à Alice. Le matin elle donnait ses leçons, et elle employait le reste de la journée à dessiner et à broder près de sa mère. Flore lui apportait chaque samedi une assez jolie somme, fruit de son labeur de la semaine. L'aisance était revenue dans le pauvre ménage, et les deux femmes remerciaient Dieu chaque jour du secours qu'il leur avait envoyé par l'entremise de la fidèle Flore.

XII

Maintenant abandonnons pour quelque temps la petite maison de la rue Saint-Louis. Nous avons promis au lecteur de lui faire savoir ce qu'étaient devenues M^{mo} Delmas et sa fille, la gentille petite marchande de roses. Il est temps de tenir notre parole.

Pour l'intelligence de ce qui va suivre, il nous faut faire connaître les événements qui avaient précédé ceux que nous avons déjà placés sous les yeux du lecteur, et plongé Mme Delmas et sa fille dans la triste situation où nous les avons connues.

Mme Delmas avait épousé, étant encore très jeune, un capitaine de marine marchande. Pendant dix ans elle vécut heureuse, autant que peut l'être la femme d'un marin dont l'isolement et de continuelles inquiétudes sont l'inévitable partage.

Pendant ces dix années, M. Delmas avait fait plusieurs voyages, desquels il avait toujours rapporté à sa jeune femme suffisamment d'argent pour la faire vivre largement ainsi que son enfant, une charmante petite fille née au bout de neuf mois de mariage. Il s'embarqua de nouveau; il emportait un chargement considérable. Selon toute apparence, ce voyage devait être beaucoup plus avantageux que les précédents; M. Delmas comptait passer peu de temps loin de la France, et réaliser durant cette courte absence de sérieux bénéfices. Et cependant cette fois la jeune femme, sans qu'elle sût pourquoi, s'affligea plus que d'ordinaire de son départ. Par un de ces pressentiments inexplicables et pourtant si fréquents, elle semblait deviner que c'était un dernier adieu qu'elle disait à son mari sur le pont du *Français* (c'était le nom du navire que commandait M. Delmas), que les embrassements qu'il lui prodiguait ainsi qu'à son enfant seraient les derniers qu'elle et sa fille recevraient de lui.

Trois mois après, les journaux annonçaient que *le Français* était perdu corps et biens. La pauvre Mme Delmas fit toutes les démarches possibles pour avoir des nouvelles de son mari; ce fut en vain, elle ne put rien apprendre de positif à la légation, si ce n'est ce qu'elle avait

connu tout de suite, à savoir que *le Français*
avait bien réellement péri, et qu'on n'avait pu
retrouver aucune trace du capitaine, qui, selon
toute apparence, avait partagé le sort de son
équipage.

La mort de M. Delmas (il fallait bien croire à
cette mort, quoiqu'on n'en eût point de preuve
positive) laissait sa veuve sans aucune ressource.

Le capitaine avait épousé la fille d'un ancien
marin, d'un de ses amis retiré au Havre depuis
plusieurs années. Mlle Corneuil était une personne bien élevée, vertueuse, bonne et aimante.
M. Delmas avait pensé que tant de qualités
valaient bien une dot. Le capitaine avait une
excellente réputation, de la conduite et de l'a-
venir; Mlle Corneuil n'en pouvait demander davantage à celui auquel elle confierait son sort.
L'union des deux jeunes gens avait été des plus
heureuses.

Mais Mme Delmas, nous l'avons dit, avait une
fille, une enfant de dix ans nommée Claire;
comment l'élèverait-elle maintenant? Elle pensa
bien à travailler; mais qu'est-ce que le travail
d'une femme qui n'a pas d'état pour subvenir
aux besoins de deux personnes? Elle était sans

famille; son père, mort depuis deux ans, lui avait laissé pour tout bien la petite maison qu'il habitait. Il vivait d'une pension de retraite qui nécessairement s'éteignait avec lui. Mme Delmas mit en vente la petite maison afin de fournir à ses premiers besoins, et se résigna à quitter le Havre pour se rendre à Paris, où demeurait l'unique parent de son mari, M. Léon Delmas, son beau-frère.

M. Léon Delmas avait amassé une fortune considérable dans le commerce; mais, égoïste et avare, il s'était toujours montré assez mauvais parent. Il avait d'ailleurs fortement désapprouvé le mariage de son frère, et ce n'est qu'en tremblant que la pauvre veuve pensait à aller réclamer la protection d'un homme qui lui avait toujours été hostile. Mais elle était mère, il était de son devoir de se rapprocher du seul parent de sa fille; peut-être, d'ailleurs, le souvenir de son frère et la vue de la pauvre petite orpheline réveilleraient-ils dans son cœur des sentiments plus bienveillants. Hélas! cette dernière espérance n'était qu'une illusion.

M. Léon Delmas reçut sa belle-sœur avec une froide politesse qui ne présageait rien de bon, et lorsqu'elle lui exposa les difficultés de sa position, il l'éconduisit assez rudement, lui faisant entendre qu'il ne lui devait rien, et que son frère avait préparé le malheur de sa fille en faisant un mariage si désintéressé; ce n'était pas sa faute, il lui avait fait assez de représentations. Il faut maintenant prendre un parti, dit-il à la pauvre mère; vous avez une enfant, vous devez l'élever, et pour cela il faut travailler. Mais il ne lui proposa même pas de l'aider à trouver un emploi ou un travail quelconque, et, lorsqu'elle prit congé, ni lui ni sa femme ne l'invitèrent à revenir.

Chassée, pour ainsi dire, avec son enfant d'une maison où Claire eût dû être accueillie comme une fille (car M. Delmas, marié depuis près de vingt ans, n'avait jamais eu d'enfant), la pauvre mère désolée se demanda ce qu'elle allait devenir. Retournerait-elle au Havre? Ne trouverait-elle pas du travail à Paris plutôt encore que partout ailleurs? Une de ses anciennes voisines habitait la capitale depuis quelques années; à tout hasard elle avait emporté son adresse en partant pour Paris, elle alla la trouver. Cette dame dirigeait, rue de Richelieu, une assez grande maison de lingerie; voyant la détresse de Mme Delmas, elle en eut pitié et lui confia un peu d'ouvrage. Mais six mois plus tard Mme Caron mourait. Mme Delmas n'avait pas l'habileté des ouvrières qui ont toute leur vie fréquenté les ateliers; elle travaillait bien, mais lentement. Mme Caron lui avait par bonté donné un prix assez élevé de son travail; mais, quand son associée vit l'ouvrage de la pauvre dame, elle trouva que Mme Caron avait été trop généreuse, et, ne voulant pas changer les conventions faites, elle remercia Mme Delmas sous le prétexte que le commerce allait mal en ce moment, et qu'elle ne pouvait fournir d'ouvrage à une aussi grande quantité d'ouvrières.

A partir de ce moment ce ne fut plus la gêne, mais une horrible misère, qui régna dans la pauvre demeure de la veuve. Le chagrin d'abord, puis le travail, enfin les privations avaient épuisé sa santé, de tout temps fort délicate; elle se trouva bientôt dans l'impossibilité de gagner sa vie et celle de sa petite Claire, et elle dut permettre à sa fille de mettre à exécution un projet que l'enfant avait formé dans le but de procurer un peu d'argent à sa mère. Il ne restait que quelques sous à Mme Delmas; avec ces quelques sous Claire acheta des roses, et, tremblante, elle alla les offrir aux passants. Une voisine obligeante lui avait dit comment elle devait s'y prendre, par quelles paroles elle attirerait l'attention des promeneurs. La pauvre petite répéta sa leçon mot pour mot, comme elle redisait autrefois les fables que lui apprenait sa mère. C'est vers la calèche de M. Dutertre que se dirigèrent ses premiers pas de mendiante. La charmante figure de la jeune fille la frappa tout d'abord; la petite pièce blanche donnée par le père d'Alice en échange des roses qu'elle avait semblé désirer était le premier argent que la pauvre enfant porterait à sa mère; les traits de sa protectrice se gravèrent dans son souvenir, et quand, le lendemain, elle aperçut Alice accompagnée de sa femme de chambre dans la contre-allée des Champs-Élysées, malgré le changement de costume d'Alice, aussi simplement vêtue alors qu'elle était élégante la veille, l'enfant n'hésita pas un instant à la reconnaître, et elle s'adressa à elle avec autant de confiance que si elle eût retrouvé une ancienne amie. Son espoir, nous le savons, ne fut pas déçu. La bienveillance que lui témoigna la jeune fille fit un bien infini au cœur de l'enfant. C'était la première personne qui s'intéressait à elle. Elle n'avait jamais connu jusque-là d'autres affections que celle de sa mère et la tendresse passionnée d'un père, dont elle ne se souvenait que juste assez pour le regretter toujours.

Nous savons comment l'ingénieuse charité d'Alice tira de la misère Mme Delmas et sa fille, et parvint à leur procurer les moyens de vivre de leur travail; nous savons quelle reconnaissance les deux femmes vouèrent dès lors à leur aimable bienfaitrice. Mais ce que nous ignorons, c'est ce qui était arrivé à Mme Delmas et à Claire pendant qu'Alice était à Nice avec sa mère. Nous connaissons les démarches infructueuses de Mlle Dutertre pour retrouver ses protégées. Disons au lecteur ce qu'elles étaient devenues.

XIV

Un jour, quatre ou cinq mois après le départ d'Alice, on remit à Mme Delmas une lettre timbrée de Marseille, dont l'écriture lui était inconnue. Le cœur de la pauvre femme se gonfla à la vue de cette lettre, la première qu'elle recevait depuis celle qui lui avait officiellement annoncé la perte du *Français*. Qu'allait lui apprendre celle-ci? Sa main tremblante eut peine à briser le cachet, ses yeux inquiets cherchèrent la signature. Elle était signée Boyer. Mme Delmas ne connaissait personne de ce nom. Elle lut alors :

« Madame,

« Je remplis une mission sacrée; capitaine du vaisseau *le Vengeur,* je ramenais il y a quinze jours à bord de mon bâtiment un passager nommé... »

La pauvre femme pâlit, le papier s'échappa

de ses mains et elle tomba évanouie dans les bras de sa fille, qui, la voyant chanceler, était accourue pour la secourir. Pendant plus d'un quart d'heure tous les efforts de la jeune fille pour la rappeler à la vie demeurèrent inutiles. Enfin elle ouvrit les yeux, son regard encore voilé chercha autour d'elle; elle aperçut la lettre, que Claire n'avait même pas songé à ramasser. Elle fit un signe à sa fille, celle-ci prit le papier : « Lis, lui dit d'une voix faible Mme Delmas, lis, mon enfant. »

Claire prit la lettre et lut :

« Madame,

« Je remplis une mission sacrée; capitaine du vaisseau *le Vengeur,* je ramenais il y a quinze jours, à bord de mon bâtiment, un passager nommé Delmas... »

Claire poussa un cri de surprise.

« Continue, Claire, continue, lui dit fiévreusement sa mère.

« A peine à terre, ce passager, dont la santé était gravement atteinte, et que j'avais fait transporter chez moi, car nous nous étions liés d'amitié pendant la traversée, ce passager tomba sérieusement malade. Il me chargea de vous écrire au Havre; il vous mandait tout de suite avec votre fille. Mais vous aviez quitté le pays. On vous croyait à Paris; je commençai aussitôt des démarches qui aujourd'hui seulement ont eu un résultat.

« Mais il me reste à remplir le plus triste de ma mission, à vous apprendre la mort de mon pauvre ami. Il a revu la France, il ne lui a pas été donné de vous revoir...

Mme Delmas n'écoutait plus.

C'était trop d'émotions pour la pauvre femme que de passer ainsi en un instant du bonheur le plus inattendu à une inexprimable douleur! Les sanglots l'étouffaient.

Claire, s'interrompant, se jeta, sans dire un seul mot, dans les bras de sa mère, et pendant quelques minutes leur chagrin muet ne se trahit que par leurs larmes. Lorsqu'elles furent un peu plus calmes, Mme Delmas invita sa fille à continuer la lecture de la lettre du capitaine; elle espérait, la pauvre femme, avoir quelques détails sur la mort de son mari.

Mais la lettre ne contenait plus que ces quelques mots :

« Et cependant, depuis son naufrage, il n'avait vécu, il n'avait travaillé, que soutenu par l'espoir de vous revoir, de vous enrichir vous et son enfant. Il rapportait en France une fortune considérable en lingots, fortune qu'il m'a confiée pour vous la faire parvenir. Je vous la remettrai, Madame, à votre première réquisition, et je me mets tout à votre disposition pour les démarches qui pourront être nécessaires en vue de la réaliser. Je crois d'ailleurs qu'il serait utile que vous vinssiez à Marseille le plus promptement possible, afin de mettre ordre à vos affaires.

« Je vous attends donc, Madame; ma femme et moi nous serons heureux de vous recevoir.

« Croyez à mes sentiments respectueux et dévoués.

« BOYER, capitaine.

« Marseille, 10, rue de la Cannebière. »

Un *post-scriptum* donnait à Mme Delmas l'adresse d'un ami du capitaine Boyer, chargé de lui remettre en son nom l'argent qui pourrait lui être nécessaire pour entreprendre le voyage de Marseille.

Les préparatifs des deux femmes furent

promptement faits : comme Mme Delmas ne savait pas combien de temps ses affaires pourraient la retenir à Marseille, et si même elle reviendrait à Paris, comme d'ailleurs elle ne devait plus habiter le petit logement du Gros-Caillou, elle donna immédiatement congé, et fit dès le lendemain transporter son petit mobilier chez un marchand des environs, qui, moyennant une somme convenue, s'engageait à le lui conserver jusqu'à ce qu'elle le fît reprendre. Les dames Delmas n'eussent pas voulu se défaire de ces pauvres meubles précieux, souvenir de leur bienfaitrice. Le soir elles partaient pour Marseille.

Le capitaine Boyer reçut la veuve et la fille de son ami avec la cordialité ordinaire aux marins. Mme Boyer se montra obligeante et sympathique pour les deux femmes.

Le capitaine Delmas avait échappé par miracle au naufrage du navire qu'il commandait; porté dans une île déserte, il y avait vécu quelques mois des ressources restreintes que lui offrait le pays. Recueilli par un vaisseau anglais, il s'était trouvé transporté sur la côte américaine dans des pays presque inconnus, mais fort riches en minerais d'or. C'est là qu'il avait amassé les sommes considérables qu'il rapportait en France, quand la mort le surprit avant qu'il eût pu seulement jouir de cette heure du revoir, le rêve et le but de sa pénible vie. Cette fortune était facile à réaliser ; le capitaine Boyer s'en chargea, et servit de conseil à Mme Delmas quand il s'agit d'employer les fonds considérables dont elle se trouvait propriétaire.

Une grande partie de ces fonds fut placée en immeubles à Marseille ; les intérêts de Mme Delmas se trouvant donc maintenant dans cette ville, elle résolut de s'y établir.

A peine était-elle installée avec sa fille dans un hôtel situé sur le Cours, délicieuse retraite où elle voulait faire continuer sous ses yeux l'éducation de sa chère Claire, que la bonne Mme Delmas sentit revenir le mal dont elle avait souffert autrefois. Tout le savoir des plus habiles docteurs, les soins les plus délicats et les plus dévoués n'en purent arrêter les progrès ; elle souffrit peu, mais elle s'affaiblit de jour en jour davantage, et mourut au bout de quelques mois.

La pauvre Claire se trouvait dans l'isolement le plus complet. Le capitaine Boyer était parti pour un nouveau voyage, et sa femme avait quitté Marseille pour aller dans sa famille passer le temps de son absence.

M. Léon Delmas, en apprenant la mort de sa belle-sœur, accourut à Marseille accompagné de sa femme. Tous deux témoignèrent de leur sympathie pour l'orpheline, et offrirent à leur malheureuse nièce leur protection et leur amitié. Elle serait désormais leur fille, disaient-ils bien haut. Claire dut accepter leur hospitalité, elle était seule au monde.

Mais, hélas ! la pauvre enfant avait trop souffert pour n'avoir pas acquis une expérience au-dessus de son âge : elle ne put que répondre froidement aux protestations de parents qui avaient repoussé sa pauvre mère, qui, riches et heureux, lui avaient laissé tendre la main.

Claire, dans sa petite enfance, annonçait un tempérament robuste et sain ; jamais avant l'âge de dix ans elle n'avait donné à sa mère un quart d'heure d'inquiétude. Mais son intelligence s'était développée en même temps que ses forces physiques ; aussi, dans les jours d'é-preuves qu'elle avait traversés, avait-elle souffert de privations d'autant plus sensibles qu'elle était dans l'âge où le corps a besoin de se fortifier, et de chagrins d'autant plus cuisants que le développement de ses facultés intellectuelles lui permettait de se rendre un compte exact de sa situation. Elle avait souffert de l'indifférence de son oncle, et surtout de sa conduite envers sa mère, bien plus encore que de la misère ; ses sentiments les plus intimes et les plus chers s'étaient trouvés froissés à l'âge où d'ordinaire on vit encore d'illusions. Toutes ces causes réunies avaient altéré le tempérament de Claire ; peu à peu ses joues avaient perdu leur fraîcheur, son corps était devenu frêle et amaigri, sa voix s'était voilée, la vivacité de son regard avait fait place à une langueur attristée ; le même mal qui consumait sa mère minait la pauvre petite. Celle-ci s'en aperçut ; mais Claire lui affirma qu'elle ne souffrait pas, et Mme Delmas, heureuse de se laisser convaincre, se persuada qu'elle s'effrayait à tort, que le changement survenu dans la physionomie de Claire était tout naturel à son âge, et la pauvre femme mourut sans s'être doutée que sa fille fût atteinte de l'affreuse maladie qui l'emportait elle-même.

Cependant le docteur qui avait suivi la maladie de Mme Delmas depuis son arrivée à Marsoille, avait lu dans les yeux creusés et brillants de Claire l'arrêt de mort de la jeune fille; il l'engagea à se soigner sérieusement, sans pourtant lui laisser deviner son inquiétude; mais il fit part de ses craintes à M. Delmas, en l'engageant à s'adresser, dès son retour à Paris, à un habile et célèbre docteur qu'il lui indiqua.

La médecine n'était plus assez puissante pour sauver la pauvre Clair , elle ne pouvait que reculer un peu le terme fatal.

Un mois après la mort de Mme Delmas, Claire s'installait chez son oncle, devenu son tuteur. Elle obtint, non sans difficulté, la permission de faire reprendre, chez le marchand où ils avaient été déposés, les pauvres meubles qu'elle devait à la libéralité d'Alice. M. Delmas céda à ce qu'il appelait une idée de malade.

Près de la chambre élégante qu'elle allait occuper désormais, était une autre chambre plus petite et fort simple qui fut mise à la disposition de la jeune fille. C'est là que Claire fit transporter le modeste mobilier qui lui rappelait tant de souvenirs; c'est là qu'elle vint bien souvent depuis chercher les émotions du passé. Là elle retrouvait plus vivante que partout ailleurs l'image adorée de sa pauvre mère ; là elle croyait revoir encore les traits charmants de l'aimable fille qui avait été pour elle l'ange sauveur.

De retour à Paris, Claire ne pouvait manquer d'éprouver le plus vif désir de revoir Alice. Mais comment la retrouver ? Elle ne sortait qu'accompagnée de sa tante ou de la femme de chambre de cette dernière. Elle essaya bien de parler à Mme Delmas d'une ancienne protectrice et de la reconnaissance qu'elle lui devait ; sa tante détourna la conversation, et quand une autre fois la jeune fille voulut témoigner le désir de faire des recherches dans le but de retrouver Alice, Mme Delmas lui répondit d'un air brusque et fâché qu'il fallait oublier un temps qui était déjà loin ; que celle qu'elle appelait sa protectrice avait d'ailleurs certainement oublié la petite fille à laquelle son bon cœur l'avait portée à faire la charité. « Surtout, lui dit Mme Delmas, ayez soin, je vous prie, de ne jamais faire allusion devant qui que ce soit aux années qui ont précédé la mort de votre mère. » La pauvre jeune fille n'osa rien répondre ; mais elle comprit qu'elle n'avait à attendre aucune sympathie d'une femme dont les sentiments étaient si différents des siens. Elle eût été bien heureuse pourtant de retrouver chez sa tante un peu de cette tendre affection à laquelle l'avait habituée sa mère; elle eût éprouvé tant de bonheur à lui payer en reconnaissance et en tendresse un mot du cœur, une caresse maternelle !

A partir de ce jour Claire sentit qu'elle devait renoncer à l'espoir de retrouver sa chère bienfaitrice; mais à partir de ce jour aussi ses relations avec sa tante devinrent plus froides que jamais.

La jeune fille, au milieu du luxe qui l'entourait, et malgré les prévenances que son oncle affichait pour elle, devint de plus en plus triste ; et bien des fois elle regretta, au milieu des fêtes où on l'entraînait malgré elle, les soirées passées avec sa mère dans le petit appartement de la rue du Champ-de-Mars, quand elles travaillaient toutes deux pour gagner le pain du lendemain en causant de la bonne demoiselle.

XV

Un jour que Mme Delmas sortait avec sa tante
de l'église Saint-Philippe-du-Roule, elle aperçut dans la foule une femme dont la figure réveilla chez elle un souvenir à demi effacé. Elle
ne la reconnut pas, mais le visage franc et
honnête de cette femme la poursuivit toute la
journée.

Le dimanche suivant, elle la retrouva près
d'elle à l'église. Ce jour-là, Claire était accompagnée d'une femme de chambre.

Pendant la messe la jeune fille, ordinairement trop recueillie pour avoir des distractions,
se surprit plusieurs fois fixant involontairement ses yeux sur l'inconnue, et remarqua
que, de son côté, celle-ci semblait la consi-
dérer avec persistance.

Claire, déjà remontée en voiture, jetait un
dernier regard sur cette femme, dont la figure,
d'ailleurs assez vulgaire, attirait si étrange-

ment son attention. Le souvenir lui revint tout
à coup.

« Mademoiselle Flore, dit-elle en se pen-
chant à la portière, approchez, je vous en
prie. »

En entendant son nom, la femme étonnée
tourna la tête du côté d'où venait la voix qui
l'appelait. Cette voix lui avait rafraîchi la mémoire. Elle s'approcha vivement de la jeune fille.

« Mademoiselle Flore, lui dit celle-ci, je voudrais vous parler. Venez me voir demain, j'ai
bien des choses à vous dire. Mais avant tout
comment va-t-elle ?

— Qui ?

— Mademoiselle Alice, votre maîtresse.

— Hélas ! Mademoiselle, les choses sont bien
changées, elle est bien malheureuse.

— Malheureuse ! elle ! Mais je ne puis vous
entretenir ici plus longtemps, » ajouta la jeune
fille, en remarquant que déjà ce colloque attirait sur elle l'attention des passants.

Elle tira un carnet de sa poche, en déchira
une feuille, écrivit dessus quelques mots et la
remit à Flore :

« Voici mon adresse, lui dit-elle ; à demain,
de bonne heure, n'est-ce pas ?

— Oui, Mademoiselle, » répondit Flore ; et elle s'éloigna.

Mais la femme de chambre, assise sur le devant de la voiture, avait tout entendu. Sans doute elle rapporterait à sa maîtresse les paroles de Claire, et alors Flore ne pourrait parvenir jusqu'à elle, car assurément Mme Delmas lui ferait interdire la porte de sa maison ; Claire n'aurait pas de nouvelles d'Alice, et il lui faudrait se contenter de la savoir malheureuse ! Malheureuse ! Alice malheureuse ! Qu'avait voulu dire la bonne Flore ? Qu'était-il donc arrivé à sa protectrice ? Avait-elle éprouvé des revers de fortune ? avait-elle fait quelque perte cruelle ? ou serait-elle mariée à un homme indigne d'elle ? Claire ne savait que supposer, mais plus que jamais elle désirait retrouver Alice.

Louise, la femme de chambre de sa tante, s'était toujours montrée assez attentive près d'elle ; elle avait paru parfois comprendre l'isolement de la jeune fille ; elle semblait avoir deviné que Claire n'était pas heureuse. Claire se décida donc à lui faire une demi-confidence :

« J'ai connu cette femme autrefois, dit-elle à Louise. Elle était au service d'une de mes amies dont je voudrais bien avoir des nouvelles, mais je crains que ma tante ne trouve mauvais que je la reçoive.

— Il est vrai que Madame ne vous laisse guère de liberté, reprit la femme de chambre. Mais elle sort ce soir, elle ne sera pas levée de bonne heure demain ; c'est moi qui ouvrirai à cette femme, je la conduirai chez vous, et personne ne la verra ; si par hasard elle était aperçue de quelqu'un de la maison, fiez-vous à moi, je saurai bien expliquer sa visite.

— Et ma tante ne saura rien ?

— Pour qui me prenez-vous donc ? Mademoiselle, me croyez-vous capable de vous trahir ?

— Non, oh ! non, ma bonne Louise, merci. »

On arrivait devant la maison que M. Delmas habitait avec sa famille dans le haut du faubourg Saint-Honoré.

Toute la journée Claire fut triste et préoccupée ; ce mot : « Elle est bien malheureuse, » l'avait douloureusement frappée.

De son côté, la bonne Flore attendait avec impatience l'heure du rendez-vous fixée par Claire. Dans cette belle jeune fille vêtue de velours et de soie qui lui avait parlé à la portière d'un riche équipage, elle avait reconnu la petite marchande de roses des Champs-Élysées; n'y avait-il pas bien de quoi exciter à la fois la surprise et la curiosité de l'excellente femme? S'il n'y eût pas eu un grand dîner le soir chez ses maîtres, nul doute qu'elle n'eût trouvé moyen d'aller ce jour-là chez les dames Dutertre, afin de faire part à Alice de la rencontre qu'elle avait faite; mais la rue de l'Élysée est loin de la rue Saint-Louis. Flore dut donc se résigner à garder provisoirement sa découverte pour elle seule. D'ailleurs, elle reverrait Claire le lendemain, elle aurait le mot de l'énigme, et pourrait sans doute porter à Alice des nouvelles bien plus intéressantes.

XVI

Claire dormit peu la nuit suivante. Le lendemain matin elle se leva plus tôt qu'à l'ordinaire, et fit sa toilette lentement afin de tromper son impatience. Mais elle était prête bien avant l'heure où elle pouvait supposer que Flore se présenterait chez elle. Elle prit un livre, mais elle ne put lire ; elle commença une lettre, mais, quoique cette lettre fût destinée à Mme Boyer, sa plus intime amie, elle fut obligée de l'interrompre dès la première ligne. Elle ne pouvait parler d'Alice, et Alice seule occupait sa pensée. Plusieurs fois elle entr'ouvrit un rideau de la fenêtre pour regarder dans la cour si elle n'apercevrait pas Flore. Il était encore trop tôt. Huit heures sonnaient à la pendule. Claire alors entra dans la petite chambre dont nous avons parlé, elle s'assit près de la fenêtre, et dans le même fauteuil où sa pauvre mère s'était tant de fois reposée, la jeune fille donna un libre cours à ses pensées. Une nuit sans sommeil l'avait horriblement fatiguée, bientôt elle s'endormit doucement.

Elle rêvait à sa charmante protectrice, et se croyait encore près de sa tendre mère, quand, entr'ouvrant la porte de la chambre :

« Mademoiselle, dit Louise, la dame d'hier. »

Et la femme de chambre se retira.

Claire ouvrit les yeux, elle vit Flore.

Pendant quelques minutes ces deux femmes, qui depuis la veille attendaient avec tant d'impatience le moment de se parler, restèrent muettes en face l'une de l'autre. Réveillée subitement par la voix de Louise, Claire avait besoin de recueillir ses esprits ; elle ne savait plus distinguer entre le rêve et la réalité. Quant à Flore, elle était paralysée par l'étonnement. Il y avait tant de disparate entre les pauvres meubles qu'elle crut aussitôt reconnaître, et le riche mobilier qui avait frappé ses regards en entrant chez M. Delmas! La moelleuse robe de chambre de fin cachemire dont était enveloppée la jeune fille semblait si peu en harmonie avec le grand fauteuil usé sur lequel elle se reposait, que la pauvre Flore se demandait si elle n'était pas le jouet d'une hallucination. La pâleur de Claire, la maigreur de son visage la frappèrent si vivement, qu'elle poussa un cri aussitôt étouffé; il lui avait semblé voir la pauvre malade de la rue du Champ-de-Mars.

Cependant la mémoire revint à Claire.

« Vous voilà donc enfin, ma bonne demoiselle Flore! avec quelle impatience je vous attendais! dit-elle. Je ne sais comment il se fait que je me sois endormie ; pardonnez-moi, je suis si fatiguée, si souffrante.

— Mademoiselle...

— Dites-moi tout de suite, reprit la jeune fille en interrompant Flore, ce qu'est devenue votre maîtresse. Ah! depuis hier je ne vis plus. Ne m'avez-vous pas dit qu'elle était malheureuse !

— Ah! oui, Mademoiselle. Tout est bien changé depuis le jour où nous vous avons vue pour la dernière fois, Alice et moi. Nous allions partir pour Nice; nous y avons passé près d'un an. En revenant, nous sommes allées rue du Champ-de-Mars; vous n'y étiez plus. Mlle Alice a fait tout ce qu'elle a pu pour vous retrouver.

— Chère demoiselle! mais continuez. »

Flore raconta à la jeune fille tout ce que nous savons déjà, la ruine de M. Dutertre, sa mort. Elle lui dit combien depuis la guerre Alice avait de peine à trouver des leçons, comment elle en était réduite à chercher un travail quelconque pour occuper ses soirées.

Au récit des malheurs d'Alice, Claire fut si vivement émue, qu'elle ne put retenir ses larmes. Son premier mouvement fut de courir vers son ancienne protectrice. Mais que dirait sa tante d'une pareille démarche? Certainement elle se refuserait à l'autoriser. Et puis le malheur est susceptible; Alice la recevrait bien, elle est si bonne; mais ne se sentirait-elle pas humiliée par les bienfaits de celle qu'elle avait si longtemps protégée? Non, il vaut mieux, pensa-t-elle, commencer par la secourir sans me faire connaître; un peu plus tard il me sera peut-être donné de la revoir.

Après avoir entendu le récit de Flore, Claire n'attendit pas qu'elle l'interrogeât. A son tour elle lui raconta tout ce qui lui était arrivé depuis le départ d'Alice pour Nice.

Flore resta deux heures chez Mme Delmas; quand elle la quitta, il était convenu qu'elle cacherait à Alice la rencontre qu'elle avait faite de son ancienne protégée, mais que, dès le lendemain, elle lui annoncerait qu'elle s'était entendue en son nom avec le propriétaire d'un grand magasin d'ouvrages, qui lui fournirait autant de travail qu'elle en pourrait exécuter.

Nous savons comment, Flore s'acquittant fidèlement de sa mission, Alice ne put deviner qu'un invisible ami veillait sur elle.

Une année s'écoula sans apporter aucun changement dans la situation des dames Dutertre. Un soir, c'était au mois d'août, la journée avait été chaude; Alice et sa mère, penchées sur l'appui d'une fenêtre, respiraient avec bonheur l'air embaumé que leur apportait des jardins voisins une tiède et légère brise; la jeune fille avait déposé sur sa petite table à ouvrage un délicieux coussin qu'elle achevait de broder. La nuit qui commençait à tomber lui avait fait interrompre momentanément son travail, les deux femmes causaient. L'arrivée de Flore les interrompit.

« Qu'as-tu? lui dit Alice, frappée de la tristesse répandue sur le visage de la brave femme.

— Mademoiselle...

— Pourquoi vouloir toujours m'appeler ainsi?

« — Ma chère Alice, je vous apporte une mauvaise nouvelle.

— Laquelle, ma bonne Flore ?

— Il ne faut plus compter sur le magasin d'ouvrages.

— Pourquoi ? n'est-on plus satisfait de mon travail.

— Si, mais...

— Quoi donc ?

— Mais la dame qui dirigeait cette maison est malade, elle quitte les affaires.

— N'a-t-elle pas vendu son fonds ?

— Non, Mademoiselle, répondit Flore d'un air embarrassé; non; il va vous falloir chercher d'autres ressources.

— Espérons que Dieu ne nous abandonnera pas, » répondit la jeune fille, en jetant sur sa mère un regard empreint d'une tristesse résignée.

Mme Dutertre avait allumé la lampe. Alice reprit son travail; une heure plus tard le coussin était terminé, elle le remit à Flore. La corbeille d'Alice restait vide pour la première fois depuis un an.

A partir de cette soirée, la mauvaise fortune sembla s'attacher chaque jour davantage aux deux pauvres femmes. La plupart des élèves d'Alice étaient alors en vacances, plusieurs lui manquèrent à la rentrée; l'une, sur le point de se marier, quittait ses leçons; un petit garçon entrait au collège, une petite fille au couvent; il ne resta bientôt plus à Alice qu'une ou deux leçons. La médiocrité à laquelle les dames Dutertre étaient maintenant habituées fit place à la gêne la plus affreuse, et elles étaient sur le point de donner congé de leur modeste logement (les cent francs qu'il leur coûtait par trimestre grevaient par trop leur pauvre budget) quand Mme Dutertre tomba malade. Heureusement le docteur Dupré n'avait pas abandonné ses anciennes clientes, il était le seul de leurs amis d'autrefois qui leur fût resté fidèle; prévenu par Alice, il vint la voir, et trouva son état fort grave, mais non désespéré. Il se chargea de faire préparer chez son pharmacien tout ce qui était nécessaire à Mme Dutertre (il n'avait, disait-il, confiance qu'en lui), et avec les médicaments prescrits il envoya par son domestique quelques bouteilles de vieux bordeaux, afin de soutenir Alice pendant les nuits où elle serait obligée de veiller près de sa chère malade. Le bon docteur avait deviné la gêne extrême des deux femmes; il voulait, sans en avoir l'air, venir à leur aide. Grâce aux soins intelligents de M. Dupré, grâce à son dévouement et à celui d'Alice, Mᵐᵉ Dutertre fut bientôt hors de danger. Mais, après neuf jours de fièvre et de délire, elle ne revint au sentiment de l'existence que pour s'inquiéter de son affreuse position, et surtout de celle de sa fille. Lorsque, pour la première fois depuis le commencement de sa maladie, elle put reconnaître les personnes qui l'entouraient, Alice était à son chevet attendant avec anxiété la crise prévue par la science ; mais au pied de son lit elle aperçut une femme inconnue : c'était une garde que le docteur avait envoyée afin d'épargner un peu de fatigue à Mˡˡᵉ Dutertre, et aussi de la suppléer quand la jeune fille était obligée de s'absenter pour ses occupations, qu'il l'avait fortement engagée à ne pas suspendre dans l'intérêt de ses moyens d'existence, et plus encore de sa santé.

« Quelle est cette femme? dit tout bas la malade à sa fille.

— Une brave femme procurée par le docteur pour m'aider à vous soigner, répondit la jeune fille.

— Ah! mon Alice, dit en l'embrassant la

pauvre mère, que d'argent je te coûte! Comment ferons-nous pour suffire à tout?

— Ne vous inquiétez pas, ma mère, soignez-vous; et ne prenez souci de rien, le docteur vous le défend. Le bon Dieu ne nous abandonnera pas. »

Quinze jours plus tard, Mme Dutertre était en pleine convalescence. Alice, assise près de sa mère, travaillait à un ouvrage de couture, tout en cherchant à distraire Mme Dutertre de l'ennui que cause une longue inaction, surtout quand des idées pénibles dominent l'esprit d'un malade. Malheureusement la jeune fille, assaillie elle-même par les pensées les plus tristes, était assez inhabile dans ses efforts pour amener et soutenir la conversation sur des sujets agréables, ou au moins étrangers à leurs communes préoccupations.

« Il y a bien longtemps que nous n'avons eu de nouvelles de Flore, dit tout à coup Mme Dutertre.

— Sa mère est peut-être plus mal, répondit Alice. Pauvre Flore, combien elle me manque!

— Que veux-tu, ma fille, elle se doit à sa mère; son départ est une nouvelle épreuve que nous réservait la Providence. Il semble, ajouta-t-elle, que ce départ nous ait porté malheur. »

Pendant quelque temps les deux femmes se turent.

Mais un coup de sonnette les tira de leur rêverie. Elles tressaillirent. Elles n'étaient plus habituées aux visites. Mme Lebas était morte depuis quelques mois; Flore, comme nous l'avons appris par la conversation qui précède, avait été forcée de retourner dans son pays. Le docteur Dupré était venu la veille. Qui donc pouvait visiter les pauvres recluses?

« C'est pourtant bien ici, dit Mme Dutertre.

— Oui, mère, » répondit Alice. Et elle se leva pour aller ouvrir.

Un homme d'une quarantaine d'années, correctement habillé de noir, se présenta devant elle.

« Je suis bien chez Mme Dutertre? dit-il en la saluant.

— Oui, Monsieur, » répondit-elle, et le conduisant près de sa mère : « Monsieur veut te parler, » dit Alice.

La jeune fille prit son oùvrage, et elle allait se retirer dans sa chambre, laissant Mme Dutertre avec l'inconnu, dans lequel elle avait cru reconnaître un homme d'affaires, quand celui-ci l'arrêtant :

« Pardonnez, Mademoiselle, mais je suppose que vous êtes mademoiselle Dutertre.

— Oui, Monsieur.

— Alors restez, je vous prie, car l'affaire qui m'amène vous regarde personnellement. »

Et s'adressant à Mme Dutertre :

« Je suis Monsieur Frapel, notaire. Un testament m'a été remis, il y a environ six semaines, par une de mes clientes; cette cliente est morte il y a huit jours. Je compte faire jeudi prochain, à deux heures, l'ouverture de ce testament. La présence de Mlle Dutertre est indispensable, car cette formalité doit avoir lieu devant toutes les personnes intéressées, et mademoiselle votre fille est du nombre.

— Et quel est donc, Monsieur, le nom de votre cliente? demanda Mme Dutertre.

— Mlle Claire Delmas.

— Mais je ne connais personne de ce nom.

— Claire Delmas? reprit vivement Alice.

— L'aurais-tu connue, ma fille?

— Oh! non, ma mère. Non, cela est impossible, ajouta-t-elle en se parlant à elle-même.

— Quoi donc?

— J'ai connu une enfant de ce nom, mais ce n'est pas d'elle qu'il s'agit. »

M⁰ Frapel se leva, salua respectueusement les deux dames, et sortit, laissant Mme Dutertre et sa fille sous le coup de la plus profonde surprise.

Elles attendirent avec impatience le jour du rendez-vous, elles ne pouvaient deviner le mot de cette énigme.

Mme Dutertre avait beau rappeler tous ses souvenirs, le nom de Delmas lui était tout à fait inconnu. Sans doute, se disait-elle, cette personne était une parente éloignée de mon mari, dont Alice se trouve aujourd'hui héritière sans avoir jamais connu son existence ; et la pauvre femme remerciait le Ciel, qui peut-être allait permettre que son Alice retrouvât sa position perdue. D'autres fois elle pensait qu'elle se faisait illusion, qu'il s'agissait de quelque parente pauvre, dont la fortune insignifiante serait à peine un soulagement à leur misère.

Alice, elle, entendait toujours résonner à son oreille le nom de Claire Delmas. Par quel singulier hasard, se disait-elle, cet héritage inattendu lui venait-il d'une personne portant le même nom que cette petite fille qu'elle avait autrefois secourue ? Mais cette petite Claire, qu'était-elle devenue, depuis cinq ans qu'elle n'avait entendu parler d'elle? Est-ce que?... Mais comment croire?... On voit de si singuliers revirements de fortune. Elle, élevée dans le luxe et la richesse, n'habitait-elle pas un pauvre petit appartement de la rue Saint-Louis? Ne donnait-elle pas des leçons? Ne s'estimait-elle pas heureuse quand elle pouvait gagner par son travail de quoi subvenir à ses besoins et à ceux de sa mère? Le souvenir de la petite mendiante la poursuivit jusque dans son sommeil.

Elle la revit en rêve, dans cette pauvre chambre qu'elle-même avait meublée, réunissant en bouquets des violettes et des roses, pendant que sa mère raccommodait près d'elle ses misérables haillons. Mais tout à coup, comme si une fée eût étendu sur la jeune fille sa magique baguette, le spectacle changea. Claire apparut aux yeux surpris d'Alice au milieu d'un salon somptueux. Des tentures de soie, de magnifiques tapis ornaient cette pièce, dont les objets d'art les plus remarquables, les arbustes les plus rares complétaient la décoration. Claire était vêtue d'une délicieuse robe de soie bleue; ses longs cheveux blonds, artistement disposés, retombaient sur ses épaules en boucles gracieuses. La posée de telle façon qu'Alice ne pouvait voir ses traits. Elle se retourna tout à coup. Sa figure avait la pâleur de la mort; ses yeux creusés brillaient d'un étrange éclat. Un froid sourire effleura ses lèvres quand son regard rencontra celui d'Alice, mais elle ne prononça pas un mot. Bientôt elle s'affaissa sur elle-même. Alice s'élança pour la soutenir; mais ses mains ne saisirent que le vide; la vision avait disparu. Par la fenêtre ouverte, elle aperçut une forme diaphane qui s'élevait dans les airs, soutenue par deux anges aux ailes déployées. Alice poussa un cri, et se réveilla en sursaut. Le jour commençait à peine à paraître. Elle ouvrit les yeux; la vue des objets qui l'entouraient la rendirent au sentiment de la réalité; mais son imagination avait été trop frappée par ce rêve étrange pour qu'il lui fût possible de se rendormir; il n'était pourtant que quatre heures du matin.

A son réveil, Mme Dutertre remarqua la fatigue empreinte sur la figure de sa fille, mais elle ne s'en étonna pas : elle-même était restée éveillée une partie de la nuit, préoccupée qu'elle était de la visite du notaire.

XVII

Le rendez-vous indiqué par M⁰ Frapel était pour le surlendemain.

A l'heure dite, Mme Dutertre et sa fille se rendirent chez le notaire.

Plusieurs personnes étaient déjà réunies dans l'étude de M⁰ Frapel. M. et Mme Léon Delmas virent avec étonnement entrer les deux dames qu'ils ne connaissaient pas, et les prirent pour des parentes éloignées de Mme Delmas, à qui leur nièce avait voulu laisser un petit souvenir en mémoire de sa mère. La perspective d'un héritage de plus d'un million avait déridé le front ordinairement soucieux de M. Delmas, et Mme Delmas avait, sous ses habits de deuil, une figure aimable et souriante que Claire ne lui avait jamais vue. L'un et l'autre saluèrent donc avec une bienveillante politesse les deux inconnues, et en l'absence de M⁰ Frapel leur firent les honneurs de chez lui avec une aménité dont on ne les eût jamais crus capables.

Le notaire ne se fit pas longtemps attendre; voyant que toutes les personnes qu'il avait convoquées étaient réunies, il s'approcha de son bureau, et ouvrit un pli scellé qu'il tenait à la main. Il commença la lecture de ce testament.

Le cœur de Mme Dutertre battait avec violence; Alice, plus calme, écoutait avec attention; M. et Mme Delmas tournaient autour d'eux des regards inquisiteurs, cherchant à lire dans les yeux des assistants leurs différentes impressions; quant à eux, ils étaient tranquilles, ils étaient disposés d'avance à acquitter religieusement les petits legs que la jeune fille pourrait avoir faits à sa femme de chambre et à sa garde-malade. Ils avaient même pris leur parti de l'obligation où ils allaient sans doute se trouver d'abandonner quelques billets de mille francs aux deux parentes inconnues.

Ils n'étaient pas de ces héritiers avides qui contestent à ceux qu'ils pleurent le droit de faire en mourant quelques générosités, de récompenser quelques services. Ils se rendaient à eux-mêmes cette justice, et pensaient que le monde leur en saurait gré.

Cependant, après avoir lu les formules ordinaires communes à tous les actes, l'agent ministériel continua :

« Je lègue à Mlle Alice Dutertre tous les biens meubles et immeubles qui feront partie de ma succession.

Alice poussa un cri de surprise; Mme Dutertre sentit ses forces l'abandonner. M. Delmas crut avoir mal entendu, et, muet d'étonnement, fixa sur le notaire un regard hébété, pendant que sa femme se levant avec violence :

« Monsieur Delmas, dit-elle, je vous en prie, sortons d'ici, je ne pourrais me contenir. Quoi! cette petite fille que nous avons recueillie, cette enfant pour laquelle vous aviez tant de délicates attentions, à qui j'ai servi de mère, que j'ai soignée pendant des années, payer ainsi nos bontés! Je savais bien qu'elle avait mauvais cœur, mais je ne l'aurais jamais crue capable d'une telle ingratitude. Venez, vous dis-je; nous n'avons plus rien à faire ici.

— Pardon, Madame, dit le notaire, que la sortie violente de Mme Delmas avait forcé d'interrompre sa lecture, la présence de M. Delmas est indispensable. Calmez-vous, je vous prie, que je puisse continuer. » Mme Delmas se rassit. Le notaire reprit :

« Je lègue à Mlle Alice Dutertre tous les biens meubles et immeubles qui composeront ma succession. Lorsque ma mère et moi étions sans ressources aucunes, elle nous a secourues; elle nous a apporté non seulement le pain qui nourrit, mais les bonnes paroles qui consolent; elle ne s'est pas seulement montrée notre bienfaitrice, mais aussi notre meilleure amie. Elle nous a tendu la main quand nos parents eux-mêmes nous repoussaient, il est juste que je la regarde aujourd'hui comme une sœur bien-aimée. C'est en cette qualité que je la fais ma légataire universelle, et que je la prie d'accepter ma fortune. Je connais sa scrupuleuse délicatesse, je sais que sa générosité la portera à rendre à ma famille le bien qu'elle croit lui être dû, mais je désire que mes dernières volontés soient exécutées.

« Si mes parents eussent été pauvres ou même peu aisés, j'eusse cru de mon devoir de ne les pas déshériter malgré leur conduite envers mon père, malgré leur dureté envers ma pauvre mère. Mais mon oncle est très riche, et n'a pas de famille, il n'a donc aucun besoin de ma fortune, et je peux librement en disposer.

« Je supplie donc ma chère bienfaitrice, au

nom de ses bontés pour moi, au nom de ma mère, morte en la bénissant, au nom de la sienne, à qui elle peut rendre encore d'heureux jours, au nom de son pauvre père, qui du haut du ciel se réjouira du bonheur de sa fille, je supplie Mlle Dutertre de ne pas refuser la succession de l'orpheline.

« Je prie Mlle Alice Dutertre d'acquitter les legs suivants, ce sont encore des souvenirs de reconnaissance. »

Mlle Delmas donnait dix mille francs à la femme de chambre de sa tante, qui avait favorisé ses entrevues avec Flore, et vingt mille à Flore, qui n'avait pu assister à l'ouverture du testament, retenue qu'elle était près de sa mère mourante, et avait donné ses pouvoirs à la bonne Louise, devenue son intime amie. Quelques autres personnes qui lui avaient rendu des services plus ou moins importants n'avaient pas été oubliées par la mourante. Enfin elle léguait à son oncle une somme de cent mille francs, à titre de dédommagement pour les dépenses qu'elle avait pu lui occasionner depuis cinq ans.

Pendant la lecture de cet acte, Alice, forcée de reconnaître dans la riche orpheline la pauvre petite marchande de roses des Champs-Élysées, avait bientôt oublié la fortune que lui assurait son testament pour ne plus se souvenir que de l'aimable et reconnaissante enfant qu'elle avait secourue et qu'elle avait aimée. Il lui sembla qu'en effet c'était d'une sœur, et d'une sœur tendrement chérie, que la mort venait de la priver. Ses yeux se remplirent de larmes, et, malgré ses efforts pour ne pas trahir son émotion, ses sanglots éclatèrent. Elle cacha sa tête dans ses mains, et, oubliant un instant et le lieu où elle se trouvait et les témoins qui l'entouraient, laissa un libre cours à ses pleurs.

Lorsque le notaire eut terminé sa lecture, il s'approcha d'elle :

« Mademoiselle, lui dit-il, je ne vous demande point quelles sont vos intentions; vous êtes trop émue pour me répondre. Je passerai chez vous dans deux jours, et je prendrai vos ordres. »

XVIII

Nous avons vu que le travail qu'Alice devait depuis plusieurs mois à la sollicitude de son ancienne protégée lui avait manqué tout à coup. Voici comment cela était arrivé. Claire, qui, nous le savons, était depuis longtemps souffrante et même condamnée par les médecins, était devenue si malade vers la fin de l'hiver qu'il lui avait fallu garder la chambre et presque le lit. A partir de ce moment elle se trouva l'objet d'une surveillance bien plus immédiate de la part de sa tante, qui, désireuse de passer aux yeux du monde pour le modèle des parentes, ne quitta presque plus la chambre de sa nièce. A partir de ce moment aussi, il ne fut plus possible à Flore d'arriver jusqu'à la jeune fille. Pendant quelque temps encore, Claire lui fit passer, par l'entremise de Louise, l'argent nécessaire pour procurer du travail à sa chère Alice. Mais les économies de la jeune fille s'épuisèrent ; elle ne pouvait demander de l'argent à son tuteur dans l'état dans lequel elle se trouvait sans exciter ses soupçons, et elle ne voulait pas laisser devenir son secret à ses cupides parents.

C'est ainsi qu'Alice et sa mère s'étaient trouvées privées de leur principale ressource.

Mais le moment approchait où la maladie de Claire devait avoir un terme. La jeune fille sentait qu'il ne lui restait plus que peu de jours à vivre. La pauvre enfant ne craignait pas la mort, elle avait si peu joui de la vie ; au bout de ses souffrances elle voyait le ciel ; sa mère chérie lui ouvrait les bras, son père l'appelait ; elle allait les rejoindre. Et que laisserait-elle sur la terre ? Elle n'avait jamais cru à l'affection de son oncle et de sa tante. Une seule personne lui avait témoigné de l'intérêt ; à celle-là elle avait voué une reconnaissance sans bornes, et s'il lui eût été donné de vivre et d'être libre, elle eût voulu partager sa fortune avec elle. Cette personne, c'était Alice Dutertre. Et il lui fallait mourir sans revoir Alice ; à elle seule cependant elle eût voulu dire un suprême adieu.

M⁺ Frapel était du petit nombre, je ne dirai pas des amis (son caractère ne lui permettait guère d'en avoir), mais des connaissances de M. Léon Delmas; il avait toujours témoigné beaucoup d'intérêt à Claire depuis qu'elle habitait chez son oncle.

Un jour que la jeune fille, se sentant un peu mieux, avait pu se lever pendant une heure, on avait approché de la fenêtre la chaise longue sur laquelle elle était étendue, afin qu'elle pût jouir d'une magnifique journée de printemps. Elle vit entrer dans la cour le coupé de M° Frapel; le bon notaire en descendit : il voulait prendre lui-même des nouvelles de Mlle Delmas. Claire savait son oncle absent pour toute la journée; sa tante, profitant, disait-elle, de ce que sa chère malade se trouvait assez bien, était allée faire une visite à la campagne. La jeune fille envoya la fidèle Louise répondre à M° Frapel, et le fit prier d'entrer un instant dans sa chambre. Depuis longtemps Claire désirait avoir avec le notaire un entretien particulier. M° Frapel fut introduit, et Louise le laissa seul avec la malade.

« Merci, Monsieur, lui dit Claire, de vouloir bien m'accorder quelques instants; j'ai un grand service à vous demander. Je suis bien malade; ne cherchez pas à me convaincre du contraire ; je ne crains pas la mort, mais j'avais peur de mourir sans avoir trouvé l'occasion d'être seule avec vous. Tenez, Monsieur, voici un testament que j'ai écrit tout entier de ma main. »

Mᵉ Frapel fit un geste de surprise.

« Je suis majeure depuis un mois, mes dispositions sont donc valables.

— Certainement.

— Veuillez, je vous prie, prendre connaissance de cet écrit. »

Mᵉ Frapel lut l'écrit dont nous connaissons la teneur.

« Je n'ai point d'observations à vous faire, dit-il après avoir lu ; tout est en règle.

— Alors, Monsieur, prenez ce papier ; je suis sûre maintenant que mes dernières volontés seront exécutées, je puis mourir tranquille. Je n'ai pas besoin de vous recommander le secret le plus complet sur l'objet de cette entrevue, que vous expliquerez facilement à mon oncle dans le cas où il en serait instruit. Vous êtes notaire, Monsieur, et quand même vous ne le seriez pas, je n'aurais pas moins confiance en votre discrétion. »

Quelques semaines plus tard, Claire s'éteignait doucement, sans agonie. Le matin elle avait demandé son confesseur, et avait reçu la sainte communion ; elle était prête à retourner à Dieu. Il était deux heures quand elle sentit que son dernier moment était venu ; elle appela Louise, qui veillait près d'elle.

« Adieu, lui dit-elle ; merci pour les services que vous m'avez rendus. Je vais mourir, adieu. »

Louise, éperdue, voulait aller chercher sa maîtresse.

« Non, Louise, dit Claire en la rappelant comme elle allait sortir de la chambre, ne dérangez personne, laissez-moi mourir en paix. »

Elle tendit la main à la fidèle domestique. Cette main était déjà glacée. La jeune fille prononça un nom à peine articulé, Alice... Sa parole s'éteignit, ses yeux se fermèrent : elle était morte.

Quelques instants après, Mme Delmas faisait retentir la maison de ses cris de douleur ; jamais mère au désespoir ne versa plus de pleurs sur la fille la plus chérie que Mme Delmas n'en répandit auprès du lit de Claire.

Toutes les personnes qui la virent le lendemain ne purent s'empêcher de témoigner de
leur compassion pour cette grande douleur.
Elle avait atteint son but.

XIX

Alice ne pouvait refuser la succession de Mlle Delmas, quoique, par un excès de délicatesse, elle se reprochât presque d'être la cause involontaire de la déception de ses parents.

Elle pleura comme une sœur celle dont la reconnaissance lui permettait de rendre à sa mère, si douloureusement éprouvée depuis cinq ans, le bien-être auquel elle était habituée; celle à qui elle allait devoir elle-même non-seulement la fortune, mais aussi le bonheur.

Nous avons dit qu'après la mort de son mari, Mme Dutertre sut que M. de Lormel ne permettrait jamais à son fils d'épouser une jeune personne sans dot, quelles que fussent ses aimables qualités, et que dans cette pensée il avait envoyé Georges loin de sa fille. Mais l'absence n'avait pu faire oublier à Alice le compagnon de son enfance, le fiancé de ses jours heureux.

Georges savait bien que jamais Alice ni Mme Dutertre n'eussent consenti à un mariage contracté contre la volonté d'un père ; mais, en renonçant à Alice, il s'était promis de ne jamais donner sa main à une autre femme. En vain M. de Lormel lui avait-il proposé les partis les plus avantageux, Georges était resté inflexible dans sa résolution.

« Je ne veux pas me marier, » répondait-il à chaque ouverture qui lui était faite. Jamais on n'avait pu obtenir de lui une autre réponse.

La guerre, en le rappelant sous les drapeaux, était venue à propos apporter au jeune homme une distraction forcée, nécessaire à l'état de son esprit. Il s'était conduit en brave.

Lorsque, la paix signée, il revint à Paris, il vécut retiré, évitant toute occasion de voir le monde, ne cherchant que dans le travail l'oubli de son chagrin.

Aussi changeait-il à vue d'œil ; personne n'eût pu reconnaître dans cet homme de trente-quatre ans, triste et grave, le charmant cavalier d'autrefois.

Son père commençait à s'inquiéter de cet état. Mais qu'y puis-je? se disait-il quand il lui venait à l'idée que le souvenir d'Alice pouvait bien contribuer à la tristesse et au découragement de son fils. Il n'était pourtant pas possible de lui laisser faire un semblable mariage; il me l'eût reproché plus tard.

Et M. de Lormel croyait avoir rempli son rôle de père.

La première pensée qui vint à Alice quand elle fut assez calme pour former un projet d'avenir, fut qu'elle serait bien heureuse de partager sa nouvelle fortune avec Georges. Pour la première fois depuis cinq ans elle osa prononcer son nom devant Mme Dutertre. Celle-ci, qui comprenait la pensée de sa fille, ne détourna pas la conservation.

« Il serait, je crois, convenable, lui dit-elle, que nous fissions part à M. de Lormel du changement survenu dans notre position; ton père avait pour lui l'affection d'un frère; il est en quelque sorte de la famille, il ne doit pas apprendre cette grande nouvelle par des étrangers. Les circonstances... »

Mme Dutertre ne put achever. Rose, qui

depuis quelques jours était rentrée au service des deux dames, vint les avertir que M. de Lormel demandait à leur parler.

Alice tressaillit.

« Georges! dit-elle involontairement.

— Faites entrer, » répondit Mme Dutertre.

Ce ne fut pas Georges qui se présenta, mais son père.

« M. de Lormel! dit Mme Dutertre étonnée.

— M. de Lormel! répéta la jeune fille, dont le cœur battait avec violence.

— Oui, moi! répondit M. de Lormel, moi qui viens vous faire mes compliments.

— Comment savez-vous?...

— Je vais vous le dire, Madame; mais en attendant il faut que je félicite ma chère Alice, dit-il en s'approchant de la jeune fille et en déposant un baiser sur son front. Ah! Madame, vous êtes une heureuse mère! Vous pouvez dire que c'est à son bon cœur qu'Alice doit sa fortune.

— Oui, en effet, dit Mme Dutertre en jetant sur sa fille un tendre regard, la conduite d'Alice envers cette pauvre enfant m'a causé plus de bonheur que le testament de sa protégée.

« — Cela est bien naturel.

— N'est-ce pas ? » dit froidement Mme Dutertre.

La visite de M. de Lormel se prolongea près
d'une heure ; il apprit aux dames Dutertre
comment une amie de Mme Léon Delmas lui
avait, en riant comme une folle de la déception
de cette dernière, conté l'histoire du testament de Mlle Claire Delmas.

« J'ai su tout hier soir, ajouta-t-il, et je n'ai
pu résister au désir de venir vous compli-
menter ce matin ; j'ai rêvé toute la nuit au
bonheur de ma chère Alice. Georges n'a pas
osé m'accompagner, mais j'espère que vous lui
permettrez de vous apporter lui-même ses
félicitations.

— Georges eût pu se présenter sans crainte,
répondit Mme Dutertre, pendant que sa fille
cherchait en vain à dissimuler son émotion.
Vous savez les raisons qui m'ont fait renoncer
à recevoir Georges ; mais, s'il m'a paru convenable de mettre un terme à des visites trop
fréquentes, je ne pouvais m'étonner d'une
démarche sympathique dans une circonstance
aussi exceptionnelle. »

M. de Lormel, un peu embarrassé par la froideur de cette réponse, prit congé de Mme Dutertre, et quitta Alice avec des témoignages de tendresse qu'il ne lui avait jamais donnés, même au temps où il comptait l'appeler sa fille.

Lorsque la porte se fut refermée sur lui, Alice se jeta dans les bras de Mme Dutertre; son cœur trop plein avait besoin de se décharger dans le sein de sa mère.

Nous ne répéterons pas au lecteur les confidences de la jeune fille. Mais ce que nous devons dire, c'est que cette conversation soulagea singulièrement Alice; c'est que lorsque deux jours après M. de Lormel se présenta de nouveau rue Saint-Louis, Mme Dutertre, tout en conservant la dignité qui lui était naturelle, se montra un peu moins roide vis-à-vis de lui; c'est qu'ils eurent ensemble un long entretien, dont Alice, enfermée dans sa chambre, attendait avec anxiété le résultat; c'est que, lorsqu'il se retira, il avait l'air parfaitement satisfait (sa tenue officielle annonçait qu'il venait de remplir une grave mission); c'est que le lendemain Georges se présentait à son tour chez les dames Dutertre, et que quelques jours plus tard le mariage de M. Georges de Lormel et de Mlle Alice Dutertre était annoncé aux amis des deux familles.

XX

Conclusion

Un an plus tard, Mme de Lormel endormait, en le berçant dans ses bras, un charmant bébé de deux mois environ. Quand son mari entra dans sa chambre, il tenait à la main un écrin de velours bleu et un joli bouquet de roses. Il s'approcha de la jeune femme, et, après l'avoir d'abord embrassée, lui offrit l'écrin et les fleurs. Elle prit l'écrin en souriant; mais une larme brilla dans ses yeux à la vue des roses.

« J'avais oublié que c'était aujourd'hui ma fête, dit-elle à son mari.

— Mais moi je m'en suis souvenu, dit Georges en regardant tendrement sa femme.

— Il y a dix ans, reprit Mme de Lormel en soupirant, que la pauvre petite nous avait promis le bonheur, elle nous l'a donné. Pauvre Claire, puisse son nom porter aussi bonheur à notre enfant ! » ajouta-t-elle en embrassant doucement le gentil bébé qu'elle tenait dans ses bras.

FIN

9 782019 496333